魔豆

狐說
Tales of Hu
下
青丘篇
林綠——著

狐說

下 青丘篇

目錄

狐說

Tales of Hu

【人物介紹】

胡理

胡家遴選代表，半妖。

胡璃

青丘宗主，狐狸女王。

青丘之國宗主參選隊伍

第一章　一千零一夜

這是胡理來到青丘第一個晚上，夜晚比他想像中的還黑、還要漫長。

胡袖甜甜睡在他腳邊，曼妙的少女身軀安然以荒原爲床、星月爲被，完全沒有認床的困擾。只是胡袖睡得流口水，朱紅外鞘的佩劍還是緊抓在手上。

箕子也沒有胡理以爲的不適應，甚至比他這個原鄉子弟還要沉穩，屈膝坐在營火旁，著迷望著夜空。

「阿理，你家鄉眞的和我師父說的一樣，沒有日頭，卻有星星。一點光害也沒有，眞漂亮。你看，天邊將要升起的藍星，代表即將成爲新王的你。」

「箕子，原來你還有觀星的興趣。」胡理故意用揶揄的口氣，由衷讚許箕子多才多藝。

「你不知道的我還多著呢！」箕子咧嘴笑道。

「雞蛋子大師，你既然能來，應該也有回去的法子。」

箕子轉了轉眼珠，不正面回應胡理。他知道胡理就算經歷震撼教育還是不肯死心，以爲靠自己孤身一人就能得到統領狐族的金交椅。

「王子殿下，你別繃著臉嘛，船到橋頭自然直。」

胡理也想相信箕子——如果他們方圓百尺沒有堆滿鳥妖屍體的話，的確可以自欺欺人當作三兄妹出來郊外露營。

話說從頭——其實也才今天白天的事，遴選開始沒多久，天空就飛來一群鳥，目露凶光；哪裡不去，直往胡理一行人俯衝而來。

箕子還沒反應過來：「阿理，你看，是鴿子！」

胡理理性思考：「比較像斑鳩，但應該也不是斑鳩。」

胡袖看到鳥，只有一個念頭：「哥，小鳥可以吃嗎？」

「不可以。」

根據人類記載的遠古歷史，陽世曾經短暫由妖類統治，其中兩大陣營獸族與羽族相互爭鬥，最後假裝鳥又假裝老鼠的牆頭草蝙蝠吃了大癟，被兩方逐出，只准在黑夜出現——半妖的胡理一直對這故事心有戚戚。

簡單說來，毛球和鳥鳥是死對頭。狐族千年遴王此等盛事，仇敵怎麼能不來「共襄盛舉」？

胡理深吸口氣，才想向爲首的小鳥溝通：「我們好好談……」就被胡袖一把推下地。胡理灰頭土臉看著胡袖將十字弓就定位，抽箭連射。在家憨然向他撒嬌的小妹，就像一個久經沙場的戰士，臨陣不帶一絲慌亂。

「箕子哥，後面！」胡袖大喊，眼角餘光發現偷襲胡理的可惡賊鳥。

箕子從青色道袍內裡抽出紙卡，開始吟唱法咒。

胡理腳下黃土一震，隨箕子的咒文亮起金光。以箕子爲中心的金光將空曠的荒野分出內外，裡面的胡理、胡袖安然無事，可想穿過金光所形成的光罩的羽族，瞬間被燒去鳥尾，痛苦墜地。

胡理不禁閉了閉眼。

「阿理，你害怕嗎？」箕子背對著胡理，輕聲問道。

「哥，你不要怕，有妹子在，你只要想著當王就好！」胡袖隨著射箭的節奏，向胡理振振出聲。

胡理睜開眼，看著小妹和箕子，這要他如何不感到惶恐不安？

他們戰到天際線再也沒有一隻鳥，才結束第一場戰役。

回想結束，胡理總結一下，自己還眞是個廢物。

箕子想給頹喪的胡理打打氣，在他的想法中，最快能讓人恢復精神的事就是吃。

「阿理，要不要來顆蛋？」箕子從背後拿出平底鍋和新鮮雞蛋。

「你怎麼變出來的？」

箕子神祕一笑：「因爲我是雞蛋子大師！」

胡理勉強勾了下唇角，不好笑，但不笑對不起箕子的體貼。

雞蛋下鍋，滋滋作響。胡理垂眸望著煎蛋，箕子用環保鐵筷撥了撥蛋的邊緣，身處異世界，連台放音樂的收音機也沒有。

「阿理，長夜漫漫，要不要聽個故事？」

胡理應好，於是箕子開口說——

從前從前，中原還有皇帝的時代，人間相較於爭戰連連的妖世，有段時間相當繁榮和平。人族不分胡漢，人妖也不怎麼分正邪，諸國的人民都喜歡到京師這座大城市逛逛。

可惜好景不常，正值盛年的皇帝病了，據說是被某種可怕的妖異給嚇得睡不著覺。皇帝找來巫道治病，那些信口雌黃的江湖術士向皇帝陛下諫言，必須除掉盤據在京城的狐妖，才能止住狐祟。

這消息傳出後，混跡於城中的眾妖開始惴惴不安，尤其是青樓芙蓉閣那位最美、柳眉蹙上花鈿的舞姬。

人說，璃娘絕世無倫，傾城傾國。世間男兒，也只有天子匹配得上。

可璃大美人對後宮充盈的皇帝沒有興趣，只是皇帝身爲一國之君，肩負國家的安危，不能被邪道幾句蠢話迷惑住。國之安危，匹夫有責，於是她換上七彩禮服，玉雕的肩頭披覆雪白的披帛，決意進宮面聖。

她無視人們驚艷的目光，獨自走上通往皇宮的朱雀大街，昂步穿過閉鎖的宮門，如入無人之境，一直到鋪滿符籙、像是靈堂的朝堂，才停下皎白的玉足。

「來者何人？」

「稟陛下，民女胡璃。」

禁衛重重包圍之下，胡璃仍是大無畏地向皇帝拜了拜。

「阿璃聽聞陛下病了，特來爲陛下診治。」

「大膽！」

胡璃不驚不懼，也不跪拜，畢竟堂上的男子不是他們的王，沒有必要獻上忠誠。

「恕阿璃直言，宮中沒有妖祟，陛下所見，不過是心生的鬼魅。陛下不面對自己的過失，反而歸責無辜的妖族。小人可以糊塗，但陛下可是君主，請明鑒是非。」

皇帝向胡璃抬起一雙通紅的雙目，沙啞回應——

「殺了！」

羽箭齊下，胡璃甩起身上的披帛，飛揚的披帛引開眾人的目光。就在同時，包圍的衛兵中竄出一隻巨大的紅狐。

「姊姊！」紅狐口中發出清朗的男聲。

「阿琇！」胡璃大喊，美麗的臉蛋有些扭曲，因爲這隻現身的蠢狐狸可是她自小拉拔長大的胞弟。

「好姊姊喲，要罵改日再罵！」紅狐負載起胡璃美人，矯健跳上宮牆，熟門熟路，皇宮就像家裡的灶房。沒有人發現，紅狐人身的身分正是宮中的禁衛軍，還是位深得將官賞識的小隊長。

眨眼間，紅狐和美人消失在眾人眼前，可美人那堂皇的責難仍迴蕩在宮殿，久久不散。一個卑賤的狐狸精，怎可質疑高貴的天子？皇帝氣得想要滅了整個狐族洩恨。

爲了追殺可恨的狐妖，皇帝下令關閉城門，要官兵全面搜索。術士們振振有詞，狐妖十之八九潛藏在民家，不吃了牠們的心，皇帝陛下的心病就無法痊癒。

天色暗下，城中依舊燈火通明，不時聽見獵狗疾厲的吠叫，百姓嚇得夜不能寐，殊不知胡家姊弟已經走遠。

胡璃側身坐在紅狐背上，遙望被火光染得一片通紅的京城，忍不住嘆惋。

這世道，要亂了。

「姊姊，我們要去哪兒？」

失去棲身之所，胡璃不由得想念起他們自幼逃出的家鄉。

「阿琇，我想回青丘。」

胡琇朗朗一笑：「姊姊去哪，琇子就去哪！」

第二章　異世生存指南

第二天，胡理已經差不多適應異地的水土和生死交關，當胡袖和箕子在前線浴血和羽族奮戰，他就在他們的保護網下採集植物。

他帶了一本破舊的《本草》，蹲在草地上對照實物和圖片，證明人間和妖世有共通的藥用植物。這樣的實驗精神還不夠，他又仗著身上有八條尾巴——自己累計七條，加上宗主一條——把藥草一一試吃下肚，神農嚐百草。

「嗯，這個拿來烤雞肉串應該很不錯。」身為華中美食街出身的美少年，胡理的研究方向不自覺偏向食療。

等胡袖和箕子打退可惡的大鳥，胡理已經備好傷藥，在他們哭著撲向他的時候，輕手為他們包紮傷處。

胡袖脫下鮮紅戰甲，像個無害少女跪坐在草地上，目不轉睛，看著一身雪白長衫、就像是白衣天使的大哥，忍不住撒個嬌。

「哥哥，我想要呼呼。」

胡理低頭給胡袖吹兩下，箕子看得好羨慕。

「阿理，我也要……」

「作夢吧你。」

天色漸暗，他們在草原下坡選了一處土穴紮營。胡理起了火，架起箕子帶來的鍋具，開始野炊做飯。

本來胡理很煩惱他帶來的乾糧不夠吃，好在天上一直飛來現成的蛋白質，加上他們家賣雞排，可說是處理鳥肉的行家。

「箕子，熱水。」

「是！」

「小袖，拔毛。」

「是！」

華中街舉辦過無數次佳節狂歡晚會，見紅就慶祝，食材全是街坊鄰居自己準備，主辦人胡家公子爲此下過一番工夫，甕仔雞、烤乳豬等合菜美食，全都難不倒他。

胡理給串起的大鳥撒上辛香料，架上火堆，肥美的肉汁滴下，胡袖的口水也跟著一直掉。

同時間，胡理又將熱好的平底鍋加上大鳥肉烤出的油脂，倒上攪拌好的麵糊，麵糊在鍋中成圓。麵皮一成形，胡理就用筷子勾起，手指彈上幾粒椒鹽，再下新的麵糊。如此反覆，很快地，他手邊的盤子疊起小山一樣的烤麵皮。

胡理再將今天採來的野菜洗淨，鋪上麵皮，接著用宗主給他的防身短刀切下已經香氣四溢的烤肉，包覆成好食用的肉捲。

「小袖，妳吃吃看……小心點，那是我的手。」

胡袖一天沒吃到肉，吃得幸福萬分，眞想把她最愛的大哥一起吞食下腹。

胡理連著給小妹餵食兩個大分量肉捲，又快手做了煎蛋，包成蛋奶素的野菜捲。

「箕子，來。」

箕子連人帶魂都被胡理這聲招呼勾過去，好在中途停下，只伸出負傷的右手——都怪他沒想到鳥會噴火，才會不小心被燒掉一塊皮。不過擦了胡理的藥，現在已經不痛了。

胡理盯著箕子的傷，沒辦法用「男人皮粗肉厚」這種理由爲自己開脫，誰教他當初認識箕子的時候，箕子是一個嬌小纖細又愛哭的男孩子，就算後來變得再白目，還是很難推翻第一印象。見到弟妹爲他受傷，心裡實在難受。

而從箕子結識胡理那時起，胡理就是一個溫柔體貼、熱心公益，讓人無法不喜歡的美少年。他知道胡理又在自責，咧嘴一笑。

「阿理，很好吃喔！」

「好吃以後都做給你吃。」

胡理把肉端給心愛的小妹，清甜的野菜全留給箕子，自己則是埋頭啃著沒肉的鳥骨頭，撿起他們咬剩的麵皮配著吃，就像是家裡的媽媽。

胡袖打了飽嗝，自然而然枕在胡理的大腿上，望著天頂閃閃發亮的星星。

「哥哥，什麼時候才能見到宗主婆婆？」

胡理輕手撫著胡袖的額髮：「我也很想念她。」

胡理身上因為有宗主尾巴的牽引，目的地再明確不過，所以他前進得毫不遲疑。不過他還是拿出秦阿姨拿來袍子時一起附上的地圖，說明他們的位置。

「我們現在還在城外，王城往這邊走——箕子，方位。」

胡理留給箕子表現的舞台，箕子看了眼星空，立刻辨識出胡理的目標方向。

「往西！」

「是的，也就是說我們位於王城的東方，遴選設定將每組候選人傳送的距離是千里。扣掉我們今天與鳥搏鬥的時間，步行八小時，而每小時步行距離約六公里，假設途中沒遇上突發狀況，最快二十日到達王城。」

胡袖有點困惑，她從小長大的小島國，從南到北當天就能來回。離家二十天是什麼感覺，她實在無法想像。

「所以在目前有食物來源的情況下，我們必須盡其所能儲備糧食。從遴選開始到王城有三道關卡，最快破解的一方才得晉見宗主。」

胡袖趴在胡理腿上，懷念地說：「好想給宗主婆婆順毛。」

箕子抓了抓頭，對於狐狸選王的規則有些困惑。

「阿理，你說贏的人可以見宗主，不是當宗主？」

胡理拿出等同人世隨身碟的白玉珠，珠子在夜色中綻放光芒，投影出四句短詩——

千里始足下
拂霧朝青閣
南柯夢不回
明月獨上樓

胡袖有感而發：「考這麼難，阿麗一定看不懂。」

胡理評估一下競爭對手的智商，不住爲秦麗嘆息：「別這麼說，他還有秦阿姨找來的兩位大狐前輩相助。」

而且胡理見過秦阿姨那雙美麗而悲傷的眼睛，母親們的眼神都很像，她就算賠上前程也會插手這場賭局。

但即使對上溫柔的長輩，胡理也不會讓步。

「還有毛氏的候選人。毛嫱很聰明，鴉頭和他的好友夜錦都是伶俐的孩子，他們應該明白題目的意思。再加上他們在青丘長大，比我對狐之國熟悉許多，會是我們的勁敵。」

胡理切身體會過毛嫱的算計能力，胡袖卻還是沒把她記憶中沒有他哥哥抱著就不肯入睡的小黑狐崽放在心上。

「就算毛毛搶先，反正最後給宗主婆婆選，宗主婆婆一定選哥哥。」

胡袖自信的點就在於宗主的決定權，但箕子聽來可不是好消息。

「這就是問題所在，看上去像是優勢，其實是風險。阿理，你勝出的條件只要破關就好，但之於其他兩組候選人，則是要破關加上『幹掉你』才能贏。你危險死了，你知道嗎？」

箕子不是被害妄想，那些毛乎乎的表弟們已經對胡理實行過兩回。

胡理呼了口氣：「我知道。」

「沒問題，我會在阿麗和毛毛動手之前，先幹掉他們。」胡袖咧開一口白牙，雖然在笑，但看來不像開玩笑。

「小袖，不可以。」

「可是……」

「我會盡量讓自己不被幹掉。妳要是眞的相信我會當王，那就不要種下日後仇恨的種子。」

可是胡袖聽了宗主婆婆和小將軍的故事，深深覺得與其讓她大哥一個人孤單單地在深宮爲死去的手足垂淚，還不如她沾滿血讓敵人恨一輩子，先宰先贏。但看胡理那麼堅持的樣子，她還是乖巧地笑著應下。

箕子靈機一動：「阿理，給我頭髮。」

「想幹嘛？」

「不會對你下愛情咒，就是想幫你做個防身的保命符。」

「什麼保命符？」胡袖好奇地坐起身子，不過半邊屁股還是壓在胡理大腿上。

箕子從他的側背包拿出代表胡理的白色紙卡，取出學生剪刀，將紙卡剪成狐狸造型。

「阿理，頭髮。」

胡理也很想知道箕子在變什麼把戲，拔下一根柔軟的青絲給箕子。

箕子又從布包翻出掉漆的木質針線盒，挑出一枚細小的金針，把胡理的頭髮穿針成線，縫進紙狐胸口的位置。

咔嚓，箕子剪斷髮結，嘴上喃喃有詞，然後往白狐呼了口氣，砰的一聲，他手中的紙狐變成半身大的白狐狸，尾巴末梢帶一抹紫色。

胡袖驚叫連連，「好可愛」連三發，一眼就認出白狐是胡理的狐身樣貌。

「阿理，它就像你的替身，可以為你擋下致命傷。只是擋煞之後，你會感覺想吐。」

「箕子，你每每令我刮目相看。」胡理跟著胡袖一起撫摸白狐的毛身，感覺就像自己受到撫慰一樣。

「箕子哥，我也要狐狸！」胡袖拉著箕子的手央求，於是箕子再抽出一張紅紙，剪出一隻小紅狐，依樣畫葫蘆。

小紅狐只有白狐一半大，胡袖開心地把紅狐抱到白狐背上，就像她小時候最喜歡趴在哥哥背上，任由胡理帶著她到處跑。

箕子接連變出兩隻狐，靈力消耗過大，讓他看起來有些喘，但只要有胡家兄妹崇拜的目光，掏心掏肺也不算什麼。

「箕子哥，還有呢？」

雖然箕子很累，聽了胡袖的話，還是笑著回應：「還有什麼？」

胡理擅自從箕子布包翻出黃色紙卡，剪出渾圓的小雞子。

「阿理，太小隻了啦……」箕子不由得失笑，他都長成一八〇的男子漢，但在胡理心中，還是當年跟在他屁股後的小呆雞。

「胡家三兄妹，集合！」胡袖抓過小雞，讓白狐背上的小紅狐一口叼住。

箕子看著疊在一塊的小雞和狐狸，眼神顫動，卻忍著什麼也沒說。

胡理看著還是像以前一樣，得到一點感情滋潤就感動得要命的箕子，由衷感到抱歉。自始至終，他都不應該把箕子牽扯進來，箕子放棄現世安穩的生活，只爲了他們之間的情義。

「箕子，你來這趟，家裡人沒說什麼？」

箕子嘆口氣，不說也罷。他嬸婆當然反對了，上次跑去申家生死鬥，已經把她徹底惹毛。箕子出發當晚，他嬸婆不知道從哪得來的消息——很可能就是他師父大人打小報告，把家裡反鎖起來，放出罐中的小鬼全員監視，要箕子插翅也難飛。

箕子被父母拋棄後，是嬸婆收留了他，他很不願意做出讓嬸婆討厭的事。但時間緊迫，他也只能使出渾身解數，和公會認證全島前三強的尪姨箕遙小姐，展開鬥法。

——陸家大弟子，箕子閒！嬸婆，對不起了！

——鬼巫，箕遙！臭小子，去死吧！

上古神巫和操鬼的高手，打起來眞是天昏地暗、日月無光，鄰居三字經抗議。

箕遙連夜使鬼術抵抗神咒，有些體力不支，汗濕透了她那身黑紗袍。箕子發現原來嬸婆沒有他以爲的厲害，還是她這些年爲了照顧他這個拖油瓶而遲怠修行？或者，在他心中始終年輕美麗的嬸婆已經老了？

就算箕子佔了上風，也沒有一絲喜悅。

他們僵持到黎明時分，直到箕子脫口而出一句話，應該說是一個詞：「媽媽。」

箕遙怔住，箕子見機不可失，啓動法陣，從家裡穿梭到胡家門口，和胡袖會合私奔。

說來也是不孝，雖然把他嬸婆氣得七竅生煙，箕子卻有著莫名的自信，只要他沒死在妖世、平安回去，嬸婆還是會開門讓他回家。

「回去被嬸婆揍一頓就算了，只是我師父……」

「你師父怎麼了？」

箕子這幾年養成把壞事往肚裡吞的習慣，男人才不會哭哭啼啼到處跟人倒情緒垃圾、討拍拍——就像國中的他那樣子，每次回想起來都想去死，也難爲當時不厭其煩對他鼓勵的胡理。

「阿理，要不要聽故事？」箕子決定來轉移話題，就像他師父教他的，已經做下抉擇，就不要鑽牛角尖。

「好。」

於是，箕子繼續前一晚未竟的冒險故事。

「被官兵追趕的胡家姊弟逃往南方。姊弟倆並不畏懼緊咬在後、有如惡犬的追兵，只是他們離家太久，故鄉的路已湮沒在歲月的荒草中，必須尋得能將他們從人世帶往青丘之國的異能者——」

♛

狐的故鄉在青丘，不在人間，遠在飄渺的異世。王城遠看如隆起的山丘，其實是琉璃青瓦鋪成的城池，華美而冰冷。

自洪荒時代妖族戰敗，由上蒼所眷顧的人族取得了優勢的地位，凡是日光照耀得到的土地都屬於人，妖只能退居幽暗的山林、深不見底的水澤，以及黑夜。

初始那段時光，人與妖只像不相往來的鄰里，時間一久，人間與妖族諸國相連的道路被大水淹沒無跡、土石掩埋覆去。某天人們爲統一王朝畫起輿圖，想起了曾在同一塊土地生活的諸妖，才發現過去潛藏在山海之間、疏遠但仍可見的異國已經不知所蹤。

千年來滄海桑田，妖世諸國遺留在人間的歷史圖籍已如廢紙。胡璃姊弟雖然是狐妖，但對妖世的認知跟人類沒兩樣，不知道何處才有通往青丘之國的「門路」。

「所以說，姊姊，咱們一開始就撞壁啊！」

胡琇化作十八歲的少年郎，邊走邊跳跟在胡璃身後。南方比起北方濕熱得多，眞身毛皮都糊成一團，實在難受。不得已，只能變成人用兩隻腿走路。

他們姊弟漫步於大湖的水岸，要從一片瀰漫水霧之中找尋渡津的船家。

「不是沒路，而是我們是孤子，缺乏家族的人脈，又位處下流，很難得到自身經驗以外的知識。」胡璃罩著黑色面紗，遮起她那張被皇帝千金懸賞的美貌。

胡琇看著胡璃面紗下沉靜的眉眼，揚起明朗的笑容。

「想必姊姊心頭已有高見！」

胡璃只是朝胡琇伸出纖指，點了點他額頭，連通雙方的心神——

胡璃往南方走，主要因爲與異世有關的民間傳說都源自南方。其一是「紫仙客棧」的傳聞：人世有間由遠古洪荒大戰倖存的大妖所開的客舍，專門接待不愼迷途的異人。

傳聞沒有明確解釋客棧老闆的眞實身分，多是強調老闆煮的飯菜好好吃、好想再吃一次，但胡璃就是能從她青樓恩客一大串廢話中找到她需要的訊息：那位客棧老闆有能力把不同的妖族送回故土。

「難怪姊姊沿路投宿旅店。」胡琇爲了配合姊姊演出西域來的寡婦商販，都會汪個兩聲假裝成紅毛狗。

可惜這一路走來，胡璃姊弟沒有機緣碰上紫仙客棧，或許因爲他們並非迷途的小崽子，心頭裝滿沉重的野心。

於是，胡璃改往水鄉走，要尋找握有「水源」的陶家客。

「陶家？是那個很有錢的陶家？」

「財富只是他們能耐的附屬，水是天地五行之一，帶有流動與生命源頭的意象。如果能找到陶家客，應該能拜託他們指引通往青丘的水路。」

但是姓陶那一家子，雖說是人，卻比妖怪還怕人。胡璃好不容易才打探到一點風聲，帶著僞裝成小犬的弟弟拜訪陶家莊，結果卻是人去樓空。附近的人家說，前些日子有官員要向陶家討軍餉，當天陶家就嚇得連夜搬走了。

胡璃無法，眼下只餘最後一個下下之策。

「其三，受星辰眷顧的陸家道士，通宇宙、知古今，無所不能。」

胡琇耳朵動了動，胡璃的話有個字詞，妖怪們特別敏感。

「姊姊，妳說『道士』？專門捉狐狸的那個道士？」

「正是。」

「咱們不是才從皇宮裡那群江湖術士手中逃出來？」胡琇不太想再經歷一次火燒毛屁股的追殺，不知爲何，道士對狐狸特愛火攻。

胡璃正色說道：「陸家道士並非江湖術士，是眞正的修道士。」

胡琇腦中浮現白髮白鬚的長袍老頭子，站在山頂上任風吹。

「那咋辦？」

「拿下他。」

胡琇聽得大笑，不愧是他姊姊，從沒想過輸。

「既然姊姊想要，我就把那道士給叼來獻給妳。」

「噓！」胡璃打斷胡琇的笑語，要他豎耳來聽。

胡琇終於注意到異狀，他們姊弟把這湖繞了近半圈，沒有看見任何一隻天上飛的或是四隻腳在地上走的，鳥獸絕跡，只有湖中的魚靜悄悄地朝他們探頭。

湖中傳來「答」、「答」的鈍音，霧中搖出扁舟，舟上有一名撐篙的老漁翁。船前放著滿載的魚簍，老翁的神情卻不見一絲喜悅。

「船家！」

老翁被胡璃清亮的嗓子吸引住，往姊弟倆望去，小舟徐徐靠上岸邊。

胡琇對鮮魚們嘛了嘛口水，努力忍耐別想著吃，沒想到胡璃先開口，說要買魚。

「大爺，你船上的魚，我全要了。」

胡璃掏出一串金亮的銅錢，這對老翁應該是筆好買賣，老翁卻只是抓了抓頭。

「怎麼？這魚賣不得？」胡璃挑起柳眉。

「大爺，我想吃魚！」胡琇全力爲姊姊幫腔。

「不是、不是，是『那個』說中有人向我買魚，還會向我探問一個祕密。」

「『那個』？」

老翁湊近胡璃姊弟，悄聲說明：「就是那個……鬼啊！」

胡璃心頭一動，不禁想到皇帝的心疾，即是被「鬼」嚇得的癔症。

胡琇兩手擺在腦後，存心取笑皇帝兩句：「大爺，年前皇帝陛下才叫來百官慶賀除去鬼患，普天同慶，說鬼不就等同不給皇帝面子嗎？」

老翁嘆道：「可是眞的有啊！」

老翁說起這一年來的親身經歷，每當他清早來到湖畔，總能聽見湖中傳來聲音：「伯伯，煩請您帶件衣裳，我有些冷。」老翁也眞從家中帶來傜戍兒子的布衣，胡亂往水裡丟。

結果老翁又聽見那聲音說：「謝謝伯伯，您眞是個好人，祝您身子安康、長命百歲！」

老翁不是天天聽見那聲音，但只要達成那聲音的請求，當天的漁獲絕對滿出船來，到市集總能賣出好價錢。

胡琇聽完老翁的撞鬼記，嘖嘖稱奇。

「說不準是神仙呀，大爺怎麼會咬定是鬼？」

老翁壓低聲音：「這位小公子說到點上，我告訴你們，你們可別說出去。」

「對天發誓。」

「因爲我看見了，年前一群官兵押著一個青衫人，把人刺死扔進湖中，湖紅了整整三日。從那之後，這湖就出現了鬼。」

聽完異談，胡璃昂起頭，大步一邁，踏上老翁的小舟。

「姊姊？」

「大爺，這船租給我們姊弟，可好？」

胡璃撩起面紗，老翁被她那雙美目勾去心神，只能恍惚點頭應允。

胡琇快手將老翁扛上岸，自己再撐竿往小舟躍去，咚的一聲，一口氣將小舟推行好幾尺遠。

「阿琇，我們去見一見那抹『冤魂』。」

「是的，姊姊！」

胡琇在船頭撐著小舟，胡璃閉目坐在船尾，小舟緩緩駛向白霧圍繞的湖心。小舟無聲慢行，像是等著一個直搗黃龍的時機，直至夜色降臨。

入夜，無風的湖面竟散去大霧，天頂星子明亮可見。

胡琇仰頭回憶：「姊姊，妳小時候都會教我數星星，一顆兩顆，數到百，娘就會來找我們了。」

「阿琇，抱歉。」

「不要緊，沒有娘，我有姊姊呢！」

當年青丘動亂，許多族人逃來人間，但逃過暴君的魔爪沒能逃過人類。親眼見到母親慘死在獵人的羽箭後，胡璃忍著淚水，帶著襁褓中的幼弟活了下來。

他們因爲星辰而思親，也因爲天頂的星光，姊弟倆注意到湖中有座沙洲，依稀有燈火搖曳。

當船駛近沙洲，不知是否觸及到某種無形的界線，本來消失的霧氣瞬間漫上視野，伸手不見五指。胡璃全神戒備，愼防敵人突然冒出頭，卻聽見一聲細音——竹篙落水，負責撐船的胡琇無預警倒下。

「阿琇！」

「姊姊，我好睏，先睡一會……」胡琇昏迷過去，七尺男兒身，變回一尾未成熟的小紅狐。

胡璃低下身，將紅狐緊抱在胸前。

前路混沌不明，胡璃仍挺著身板，無畏接下「湖中鬼」的戰帖。船在無風的湖中行駛一會，叩的一聲，停止晃動，靠岸了。

胡璃脫下被霧水浸濕的絲履，赤足上岸。腳下初始是濕冷的沙子，漸漸變成細小而乾爽的軟土，再來是踩上落葉的觸感，是竹葉。胡璃再抬頭看，不知不覺，她已經被滿片青竹包圍其中。

正當她思索該如何走出迷陣，耳朵一動，聽見清揚的笛音。

胡璃循著笛音走去，不知過了多久，星斗都往西邊沉下，才見到一抹混跡在竹林中的青影。她伸手拂開竹枝，就爲了再看清一些。

這時，大風揚起，竹林颯響，打斷吹笛聲。

青衫男子回眸，胡璃對上他琉璃似的雙眼。

從此，一眼千年。

第三章　夜色正濃

秦家遴選代表被送到國境西北的開闊高原，沿途沒有可遮蔽的草木，視野所及盡是黃土。

秦家團隊的兩隻大狐女判斷，西北邊境算起來很有優勢，一路走到國境沒有太棘手的敵人，不像西南有犬塚林、東境鄰接虎視眈眈的異族，路況相對單純，只須忍耐白日的高熱和不時從喉嚨竄上的乾渴。

更別提胡家和毛氏兩方代表都是毛沒長齊的小崽子，秦家派出她們兩隻堂堂成年狐狸，沒贏實在說不過去。

只是她們可敬可嘆的秦家少主，一路上都用快變聲的鴨子嗓抱怨東埋怨西，她們不冀望這個嬌生慣養的金毛能給她們任何幫助，但也至少不要增加她們的火氣。

秦麗用白絲巾包著那頭金髮，以討債的口氣不時對兩位傍身阿姨嚷嚷。

「喂，我走不動了！」

兩位大狐不理會秦麗，自顧自往前趕路，除非秦麗意識到自己的愚蠢。

「我說，我累了，妳們聾了嗎！」

高胖狐女說：「對不起啦，少主，風聲太大聽不見！」
「妳說什麼？」
矮胖狐女說：「你隻蠢金毛，走不動是不會用滾的啊！」
秦麗面對兩名以下犯上的胖狐狸，粉嫩的嘴脣氣得發抖。正當她們以爲秦麗會義正辭嚴地糾正屬下的無禮，就像他那位英明的母親，但很遺憾地，秦麗哭了。
「嗚嗚，媽咪，這兩個死胖子都欺負我……」
兩名大狐嘆口氣，她們已經把標準降到低標，卻還是對秦麗要求太高，看來得把對少主的期待再往地底拉去，直至馬里亞納海溝。
她們行前，特別去見過胡家那位公子。胡理當時在顧攤，看到姓秦的她們，不管之前在醫院被欺壓的舊恨，先是綻開甜美笑容，雙手奉上甜味適中的紅茶，再甜嘴招呼一聲：「落雁姊姊、飛燕姊姊，要吃什麼盡量說，我請客喔！」
那個男孩子就像糖做的，真讓人想一口咬下。
別說宗主大人偏心，連身爲敵人的她們也忍不住喜歡。狐妖就該如此，憑依的不只有美貌，還有討得歡心的本領。
像她們家少主，只有媽媽愛著的狐，就是一個死媽寶。
秦麗負氣變回原形，袒著白毛肚皮賴在地上，不肯再走半步。他都說他很累了、腳很瘦，怎麼還不快點來揹他？媽咪怎麼可以找這麼無能的胖狐狸來當他的傍身，媽咪一定不愛他！

「少主，你再亂，就別怪我們動手了！」

兩名胖大狐各自沉著濃妝圓臉逼近，秦麗一陣發寒。高大的秦落雁從豐滿的胸脯裡掏起一枚金屬扣頸圈，矮小的秦飛燕抽出一條長皮帶，在秦麗面前彈了下，啪！

「妳們想做什麼？放開我！」秦麗想起兒時被姊姊當作小寵物玩弄的恐怖記憶，咧開一口毫無殺傷力的白牙。「誰敢戴我狗圈，我就跟誰拚命！」

三分鐘後，秦麗被套上頸圈，嗚嗚低泣。

「可惡，我要告訴媽咪，妳們都欺負我……」

兩位狐女不理會他，牽著金黃小狐繼續往前走。太好了，耳根子終於清靜。

「不過話說回來，落雁姊姊，西北的黃沙地有這麼大嗎？」

「小燕妹妹問得好，之前我聽駐守的差員說，國境的牧草地少了三分之一，不知何故，水源大幅流失。咱們青丘因爲有宗主的先見之明蓋地下水道，才不至於像羽族那般連年歉收。秦大娘說過她想從人世買水過來，妳覺得可行嗎？」

「或許吧，但人世的疫病也可能透過飲水傳來青丘。就怕再發生上回那樣的傳染病，死了好多崽子。」

「唉，連大娘的長女也沒了，如果青丘的醫療能像人間一樣發達就好。」

「我有辦法！」秦麗突然發話，用力吸了下兩條鼻水。

兩位狐大姊面面相覷，難道秦大公子要展現他睿智的一面？

「少主請說。」秦落雁的口氣稍微恭敬起來。

「阿理表哥不是要當醫生？我當上宗主，叫他到青丘當御醫就好了。」

「……哈哈，眞是太聰明了。」秦落雁和秦飛燕無言以對。

「我可是認眞調查過競爭對手，very棒。」秦麗特別拿出他珍藏的英文單字，想要在兩個阿姨面前炫耀一下外語能力。「那個混血雜種我很熟，只要誠心拜託他，他一定會努力治好生病的狐。」

「那爲什麼我們不乾脆推舉胡家子當王？」

實話傷人，秦家必須捫心自問，秦麗有哪裡贏得過胡、毛兩姓候選人？智商、美貌、還有待人處世的手腕和身段，秦麗全都輸到脫褲。

金毛狐狸在沙地上踱步一陣，才用眞正屬於他、不裝腔作勢的稚嫩嗓子，軟綿綿地回應。

「阿理表哥人眞的很好，我騙他，他也不生氣，還說會把我當弟弟照顧，但可恨的就是他流著人類的血。如果他當上宗主，有天突然說要回人間不要當狐狸了，又把我們拋下，該怎麼辦？」

秦麗把青丘大狐們不敢在宗主面前吐露的心聲，一股腦地如實說出。他不是隨意質疑胡理，而是眞正被胡理頭也不回地捨棄過，那種難受的感覺到現在都沒好全。

「只要我當上王、娶下胡袖，阿理表哥一定會幫我忙。那給我當王有什麼不好？這樣我媽咪就是王太后了，她辛苦爲青丘付出的一切都有回報。」

兩位狐大姊聽了很是感動。說的也是，她們之所以會來陪大少爺冒險犯難，還不是看在秦大娘的面子上？

雖然秦媚不願出頭，發誓永遠侍奉宗主大人、忠貞不二。但宗主走了，青丘還有誰比秦媚更適合當王？

難得有如此洞見，秦家狐女才想誇秦麗幾句，沒想到秦麗被蝴蝶吸引住。

有一隻亮眼的黃色彩蝶不幸被風吹來漠區，在風沙中岌岌可危地揮動粉翅。秦麗忍不住順從本性，搖動尾巴去追蝴蝶。

兩名狐女哀哀慘叫。現在人類三歲小孩都在玩平板了，她們家少主竟然在追蝴蝶。

不對，她們早該注意到異常，漠地怎麼會有蝴蝶？

「少主，別玩！」兩名傍身大姊都發現那隻蝴蝶不尋常。

「誰要玩，我只是嗅嗅看！」

黃蝶在半空繞了半圈，回頭停落秦麗鼻間。秦麗和黃蝶四目對看，總覺得這蝴蝶感覺很熟悉。

「妳是要去青丘過冬對吧？蝴蝶，妳就停在我尾巴上。」

金毛狐狸捲起尾巴，將黃蝶護在毛皮下。秦麗有了要保護的小東西，比起剛才萎靡不振的樣子，變得很有精神，昂首闊步走在兩位狐大姊前頭。

「少主，走慢些，要保持體力。」

「嗷嗷！」秦麗只想表現給黃蝶看，奔走跑跳，活力全開，真讓兩名秦阿姨有些追不上。

如此不計後果地消耗體力，當晚紮營，秦麗果然不支倒地。兩名狐女想要狠狠罵少主一頓，毒舌卻不好發作。

秦麗闔眼前，特地把黃蝶仔細藏在肚皮內才睡去。

等秦麗完全入睡，黃蝶飛起，營火在石壁映照出翩翩蝶影，影子逐漸擴張，化成長髮披肩的倩影。

「落雁、飛燕，這一路辛苦妳們了。」秦媚長跪在地，身上寸縷未著，只有長髮覆著私處，火光襯托著她嫻靜的面容，實在美得動人。

「大娘，為了妳，這不算什麼。」兩位狐姊妹異口同聲說道，「只是少主……恐怕還是太小了些。」

「是嗎？」秦媚垂眸喃喃。她實在太害怕失去唯一的孩子，才會甘冒禁令出現在秦麗身邊，想必在王城監控情況的宗主已經知情。

「族長，別難過，至少少主傻得挺可愛的。」

睡夢中的秦麗嗅到母親的氣味，一邊咂嘴一邊靠上秦媚光滑的膝頭，不由自主摩蹭兩下。

秦媚撫著金毛小狐，在心底輕聲喚著「阿麗、阿麗」。她以爲自己能夠不偏心，能夠不像毛氏爲一己之私毀棄眾數的平衡，可她終究發現她做不到。

♛

毛氏團隊被傳送至西南邊境。

毛嬙選擇的兩名傍身都是美麗的少女。皮鴉頭抿著甜美的笑顏，一襲唯美黑裙紗，拎著裝飾性遠大於實用性的蕾絲黑洋傘，不像來參加宗主遴選之戰，倒像來野餐的。

而夜錦穿著貼身黑長旗袍，完美展現少女曼妙的曲線；腰間插著雙刀，神情肅穆。

西南臨海而地勢高突，正好作爲國境天然屏障，南海水族無法長驅直入。但今日他們反倒被地理天險隔絕在外，要翻越群山峻嶺，勢必耗費相當的體力。

「毛，你要怎麼走？」夜錦看著前頭的岔路，挪好背包，打算埋頭往上爬。

「『千里始足下』，宗主大人要我一步一步走，我偏要捷足先登。」毛嫱毫不猶豫地指向左手邊的森林，鴉頭忍不住吹了聲口哨。

「你要走『犬塚』？」夜錦不可置信。

西南幽林名爲「犬塚」。犬塚之所以叫犬塚，即是埋著獵犬骨骸的墓地。古時異世與人間相鄰，人類害怕狐妖作祟，每當獵死一隻狐，就在周遭埋下一根犬骨鎮壓，結果那些犬類的靈跟著被帶往青丘，成了狐族驅趕不了的夢魘。若是不小心迷路至犬塚形成的幽林，天黑之前來不及走出，就會被擁上的狗群亡靈撕咬至死；而據說死在犬塚的狐永遠都離不開這座人爲的地獄。

胡理和秦麗可能不知道犬塚的可怕，而毛嫱隊伍的三隻狐都是自小在青丘長大的在地狐狸，對於族人口中的禁地再清楚不過。豎耳細聽，還能聽見林中傳來的淒厲狐嚎。

毛嫱不但不害怕，細秀的臉蛋還泛起詭譎的笑。

「這可是宗主送給我們的大禮，怎麼能不好好把握？」

宮中沒有能支援毛嫱的親族，他的自信立基於這些年來和夜錦努力收集的資訊，把連神明都會迷路的青丘之國摸熟七成領地。宗主既然敢大小眼將他們傳送到最難進入的西南端，毛嫱發誓一定要第一個到宗主面前，讓她後悔莫及。

既然毛嫱下了指令，夜錦沒有二話，半蹲在毛嫱面前。

「毛，上來。」

毛嫱收起扭曲的笑容，瞪著夜錦平坦光滑的背脊。

鴉頭在一旁涼涼說：「好啦，小毛弟，別害羞了，給你姊姊揹吧！」

夜錦低頭看不見毛嫱的表情，只是催促著：「你變回原形，待在我肩上。如果有犬靈攻擊，你就趕緊跳上樹。」

好一會，毛嫱才說：「妳可別把我甩下來。」

「當然！」

毛嫱化身成黑色小狐，跳上夜錦肩頭。夜錦覺得不太放心，又把黑色小狐用布巾包起，兩端綁上她胸口，確保她的小伙伴不會在高速移動下落地。

「鴉頭，妳可以嗎？」夜錦回頭問道，鴉頭哎呀一聲。

「原來我們隊有三個人呀，我還以爲你們忘了我了。」

毛嫱把頭埋在夜錦頸邊，不打算理會鴉頭的譏諷；夜錦代他向鴉頭澄清。

「對不起，沒有排擠妳的意思。我是想妳怕狗的話，我也能揹妳一起走！」

鴉頭眨了眨眼，不得不說，這個女孩子還眞是帥氣。

「呵呵，我既然敢自薦來當助手，總是對自己的實力有點信心。區區小狗算什麼？我可是跟熊族搏鬥過。」

「眞是太好了！」夜錦燦然笑道，比起過往她和毛嫱相依爲命，又多了一個好伙伴。

鴉頭笑咪咪地看著單純的夜錦，忍不住想起另一隻賣雞排的好狐狸。

於是三隻少狐，進入禁地犬塚。

夜錦披著蓑衣，在幽暗的林地匍伏前進；而鴉頭換上一身黑蕾絲罩衫，低調得很華麗。不管樸素還是華麗，兩人衣著都有隔絕氣味的功效。

犬骨所化的犬魂沒有眼睛，通體黑色，只靠著殘存的嗅覺來狩獵生物，尤其對狐的體味特別敏感。

初始還算平靜，但就在他們行進到半途，大風呼嘯而來，帶著海水的鹹味，是南方海域興起的旋風。

風將他們防護的衣物掀起一角，只消露出一塊肌膚，潛伏在林中的犬靈就躁動起來，大聲嚎叫、呼朋引伴，直往毛嫱三人追來。

鴉頭毫不猶豫喊道：「上樹！」

夜錦脫下蓑衣，像隻猴子蹦跳上樹，三兩下爬了五尺高。

鴉頭並不想做出有違仕女風範的動作，但和小命取捨後，還是動手爬樹，趕在被群狗咬碎的前一刻，坐上夜錦對面的枝梢。

狗靈在底下瘋狂吠叫，好像餓了幾百年。夜錦感覺到身後的毛球抖動著，疼惜地撫了撫小黑狐狸。

鴉頭半托著粉頰，把玩手中的小黑傘：「唉，不知道狗兒們什麼時候才肯放過我們？」

夜錦認眞回應：「就我們之前的估算，大概兩到三天，等海那邊的雲霧降下，犬靈會消失一段時間。」

「妳怎麼知道？」

夜錦頓了下，輕聲地說：「毛之前被她母親扔進來過。」

「畜生。」鴉頭學著人類罵狐狸，反正口頭正義不用錢。「小毛啊，既然你也怕狗，所謂人飢己飢，就算宗主大人再英明，也不免記恨你把她心愛的崽子陷害去餵狗，活活咬瞎一顆眼睛。」

「我承認，是過分了一點。」躲在夜錦布套下的黑狐探出一雙豆丁眼珠，發出嗤嗤詭笑。「但每一次想到宗主心有多痛，我就有多開心。」

鴉頭直翻白眼，夜錦用力喝斥心理扭曲的毛嫱。

「你就爲了滿足自己的報復心，傷害一隻溫良的好狐狸，我要是你，懺悔都來不及了，還有臉拿來說嘴！毛，你再壞下去，我就不理你了！」

小黑狐輕哼一聲，不想理會夜錦的說教，但也沒有再說下去。

鴉頭興味盎然地看著這對組合。如果毛嬙得勢有夜錦制著，再壞也只能壞到皮毛，應該不會壞到骨子去，可惜夜錦扶助毛嬙當王之後的心願就是離開他回到人世隱居。

「夜錦，這場比完，妳就要跟妳男友結婚了嗎？」

夜錦怔了下，背上的小狐狸同時也偷咬她一下。夜錦往後瞪去一眼，拜託，生什麼氣？又不是爲了男人才要離開你！

「沒有，我跟男朋友分手了。」

鴉頭誇張地拔高音尖叫：「眞的假的？」

夜錦不太想提這件事，每次想來心頭就沉甸甸的。不知道分手到現在，她男朋友過得好不好？

「他總是吹噓自己多受女生歡迎，不缺我一個女友。我本來以爲他會欣然接受，沒想到我跟他說要分開一段時間，他馬上跪下來抱著我大腿哭著求我，打死不要分手。」

鴉頭露出嫌惡的表情：「好弱喔，他在學校一定沒朋友。」

夜錦很驚訝：「妳怎麼知道？」

「還眞的是！先不提你前男友整天跟拍胡理表哥的變態行徑，和妳相處又只會自吹自擂、不在乎妳的感受，只要妳提出一點質疑，就笑妳沒有見識。這種自卑又自傲的廢物男人，也只有妳這種好狐狸忍受得了。」

雖然鴉頭說的是事實，但夜錦實在不忍心嫌棄交往三年的小男友。而且每次去他家，男友的媽媽總是不停向她道謝，謝謝她願意照顧這麼一個不成熟的孩子，雅之從小都一個人玩，跟她交往後，看起來才沒那麼寂寞。

夜錦忍不住嘆氣，想到她的邊緣人男友就心頭酸澀。

「那我是不是不該跟他提分手？我男友現在是壓力最大的高三考生，要是真的想不開，跑去尋死該怎麼辦？」

「就讓他去死啊！」

「小毛，說得好！」鴉頭奸笑附和。

毛嬙惱羞縮回布包裡，又不小心跟著少女的八卦回嘴了。

夜錦深嘆口氣：「是我對不起他，希望他以後能遇到真正的好女人。」

「很難吧，我覺得妳前男友遇上妳就用光好運了。」鴉頭中肯回道。

夜錦用力拍了拍臉頰，從兒女情長回到恐怖的犬塚森林。幼年的她曾經就像現在這樣，和毛嬙背靠背瑟縮在樹上，整整兩天，都沒有狐來救他們。

不管胡理表哥還是秦麗少爺，應該從來沒體會過被忽略的感覺吧？夜錦認為，一定要是真正從底層爬上來的王，才能明白弱勢的苦痛。

夜錦雖然不贊同毛嬙不擇手段地得罪三大家族以換取候選人的資格，但在毛嬙實現他的美夢之前，她都會保護好他。

「無論如何，對我而言，怎麼說還是毛最重要了。」

鴉頭笑盈盈地回應：「小毛呀，你別說你沒親人可依靠，身邊不就有一個好姊姊嗎？」

毛嬙冷然回道：「不用妳囉嗦，夜錦本來就是我的人。」

夜錦無奈一笑，冷不防被兩隻柔軟的手臂環抱住，變回人形的毛嬙把小臉埋在她肩頭。

「毛，怎麼了？」

毛嬙悶著聲音說：「一直被揹著很丟臉。」

鴉頭巧笑道：「才怪，明明就是想要抱抱。」

夜錦睁大眼看著賊笑的鴉頭，又把頭往後看向全身光溜溜的毛嬙，一時間不知道哪方說的才是正確答案。

「呃，毛你還是變回來，我給你抱著比較安全。」夜錦覺得這個時候不適合撒嬌，但毛嬙想撒的話還是讓他撒。

「不要。」

「變回來比較好抱啦！」

鴉頭吹口哨，看著毛嬙不甘不願變回小黑狐的模樣，讓夜錦牢實捧在懷裡順毛。

第四章　道長

來到異世第三日，胡家兩狐一人類，遭逢豪大雨。

偌大草原沒什麼可供遮蔽的地方，他們好不容易才找到一株枯樹躲雨。胡理把自備的雨衣給胡袖，箕子將布包的油紙傘給胡理。當胡理撐開傘，不管是穿著輕便雨衣的胡袖還是大義凜然說要淋給他濕的箕子，瞬間一起擠到胡理身邊。

一直到天色暗下，雨勢才轉小。胡理剪開胡袖嫌熱脫下的輕便雨衣，展開成一大片塑膠布，再沿著布邊綁上枯木落下的細長枝條，做成臨時遮雨的小帳篷。

箕子想起之前學校頒了一個獎，叫作「全市童軍教育績優楷模代表」，沒人知道那是什麼東西，只記得當胡理穿著深綠色童軍裝在司令台上受獎，全校女生同時舉起手機拍照，畫面多麼整齊劃一。

「箕子，幫我生火。」

「哦。」箕子從童軍裝短褲美腿的美好回憶回過神來，抽出紅色紙卡。「阿理，你摺紙盒做什麼？」

「趁有水源，煮火鍋。」胡理從行李拿出昨日醃過的鳥肉。

「哇，是火鍋！哥哥，我要吃很多肉喔！」胡袖原本因爲濕度過高而無精打采，一聽見火鍋，又振奮起精神。

胡理一邊煮湯底，一邊跟箕子說明紙火鍋的原理，多少複習一下物理的燃點和比熱。

箕子說他明白了，可胡理沒打算輕易放過他，又要他比較燃點和熔點的不同，不然不准吃飯。

箕子的微笑在抽搐，含在嘴裡的「我不知道啊」遲遲說不出口。

「算了啦，我不像你那麼聰明。」箕子不想承認不會，只能岔開話題。

「箕子，這不是計算題，和智商沒有關係，多記幾次就懂了。專有名詞的概念一定要會，不然你連題目都無法理解，又要如何解題？」

「阿理，我必須跟你坦誠一件事，雖然你大概早就清楚不過——我物理化學完全不行，生物也很爛。」

「那你選三類組幹嘛？」

箕子完全被逼到絕境，而一旁托頰守著火鍋的胡袖代爲回答。

「因爲箕子哥想跟哥哥同班。」

胡理抬眼看向箕子，箕子眞想召喚土地大神，把自己埋進地心。

「箕子，眞的嗎？」

「是又如何？想和美少年同班、每天看你穿水手服的倩影是我的自由！」

而箕子可悲的地方在於，他的壞運氣完全體現在編班上。海中三類就兩班，他就是編到另一個流氓班，教室還在後棟最後一間，離胡理的教室超遠，連下課想聊兩句都很不容易。

胡理有點生氣：「你不會跟我講一聲嗎？我去幫你跟老師問不就好了？」

箕子倔強回道：「我怎麼好意思？你當年基測考爆，有一間私校要請你去讀，你還不是爲了我才選海中？」

胡理聽了箕子的話，挑起一雙美目。

「箕子，本來考爆我很難過，但我們分發上同一間高中，看你笑得那麼開心，那些志願和名校又算什麼？而且我很喜歡海中，老師和同學都對我很好，唯一的遺憾就是你過得不好。我國中跟你親近，害你被班上同學欺負得更慘，上高中連約吃早餐都不敢離學校太近。結果你說你就是想跟我同班，寧願被全校愛慕者轟成灰也在所不惜，你要我怎麼不生氣？」

胡理唸了箕子一頓，主題爲「你這白痴」與「學生的本分就是讀書」，箕子都沒有應聲。雖然小弟不受教令人生氣，胡理還是舀了一大碗火鍋料給他，還叫他吃快點，不然鮮蔬鳥肉火鍋都要被胡袖掃光了。

胡袖吃飽就說她要睡覺，就算地上又濕又冷，她腦袋一沾上胡理大腿，三秒後打呼。

胡理餵飽胡袖才開始清鍋底，給自己下了顆蛋。他看箕子安靜到一句廢話也沒說，晚飯也吃不多，便把人叫過來，摸摸他的額頭。

「好像有點發燒。」

「還好啦……」箕子沙啞回應。

胡理摺了新的紙鍋，開始煮袪風寒的藥湯。箕子光是聞見藥香，就感覺胸口暖和起來。

「阿理，你其實不是妖怪，是神吧？」

胡理鬆口氣，既然箕子會說蠢話，表示意識還算清醒，腦子沒有燒壞。

「你喝完藥就快點休息，今晚我來守夜。」胡理攤開鋁箔保暖毯，仔細給箕子裹好。

因為實在太溫柔了，箕子忍不住往胡理膝頭靠去。

「箕子，你以後怎麼辦？」胡理滿腦子都在煩惱弟妹的前程，箕子學測成績能破三十級分嗎？有什麼科系適合他？學費有著落嗎？

「如果考不上大學，就跟孀婆一起養小鬼吧。雖然我的體質跟鬼不太合，但至少能跟他們溝通，靠通靈掙口飯不是問題。」箕子回答得很自然，應該不會讓胡理看出他對未來的迷茫。

胡理垂下眼。如果像箕子師父所說，箕子神通的能力本來可以當上權貴的幕僚，日進斗金指日可待；改行去當靈媒，可以說是屈就了。

「你師父沒說什麼？」

「嗯……」箕子支吾其詞。胡理不難發現，每次提到箕子師父，箕子總是不願意正面回應，不知道師徒倆因爲他鬧得有多僵？

「你師父應該很生氣吧？眞要和你斷絕關係？」

「哈哈，阿理，你不用太擔心。」

「我怎麼可能不擔心！」胡理被箕子的不正經氣到發火，發現腿上的胡袖動了下，才緩和住脾氣。「箕子，你還年輕，有大好的將來，我眞的不希望你爲了我而失去所有。」

箕子見胡理生氣，昏沉的腦子反倒被嚇醒不少：「我也說啦……呃，還是其實我沒有說過，爲了你，我死也無妨。」

「笨蛋。」

「不過還是比較想要活著讓你養啦，哈哈哈！」

胡理握緊拳，最後只是垂下悲傷的面容。

箕子看胡理難過，總是捨不得。

「阿理，你有時候就是太鑽牛角尖，我跟我師父感情很好，不會因爲我投靠漂亮的小狐狸精而斷掉。你不認識我師父，所以你不知道世間還有這般男子，他連責備我不懂事都還是溫柔笑著。」

胡理聽了箕子安慰的話，心情平靜許多。

「我問你，你師父眞的是人類嗎？」

箕子頓了下：「雖然他老人家強悍得不太像人，但應該是吧？」

老實說，半路出家的箕子不是很清楚他師父大人的來歷。只知道修道士所聚集的「公會」不太歡迎他師父；而他背後的遠古大神說過，他師父曾經隻身毀滅一個國家，又力敵眾妖扶助孤女建國，凌駕於天意，是謂「天師」。

箕子又說：「幫申家算命的道士多得很，他們之所以會找上我，也是因爲他們打探到我是天師的徒弟。」

但是太厲害的人，上蒼總是看不順眼。箕子拜入他師父門下沒多久，就夢見一具棺材，裡面裝的不是別人，就是他師父。師父聽了他的不祥夢兆，也只是笑笑過去。

箕子想要告訴胡理，他就是因爲急著想要證明自己，才會接下申家的聘約，也因此害得胡理幾乎慘死在幽暗的刑房；但他其實也知道，這一切不過是他推託的藉口。而且說出事實一定會增加胡理的罪惡感，不可以說出來，他師父快死掉的事。

「箕子，這麼說來，我很幸運不是嗎？」

「啊？」

「一毛錢都沒花，就拐到天師的徒弟，賺到了。」

胡理伸手撫了下箕子耳畔，那張端麗的面容露出若有似無的笑。箕子怔怔看著胡理，不知道該回應什麼，好一會才低聲叫「哥哥」。

「嗯，快睡吧。」

「那我能不能比照小袖的待遇，你讓我睡大腿？」

胡理臉色沉下，箕子縮了縮。

「眞受不了你，要躺快躺。」

「眞假？我躺了，眞的會躺喔！」

只是眞躺下去，箕子只覺得血液往頭上衝，全身發熱，沒有想像中舒服。

「阿理，你身上太好聞了，我睡不著。」箕子無福消受美人恩。

胡理指節敲了下箕子的額頭，箕子閉上眼，不敢跟胡理說他連鄙視的眼神都好迷人。

「既然睡不著，你繼續說故事好了。」

箕子深吸一口香氣，接續千年前的故事——

♛

晨光漫上枝梢，白裳狐女與青袍男子在竹林中遙相對望，直至霧水化作晶瑩的朝露，彼此還是沒有移開視線。

青袍男子先開口，由衷讚歎一聲：「難得佳人。」

胡璃這才回過神來，不明白自己爲什麼會走神那麼久。

她板起美麗的臉孔：「你是什麼人？」

青袍男子放下竹笛，直對著胡璃微笑，好像年長的父兄包容鬧脾氣的小妹妹。胡璃被這抹笑堵住嗓音，滿腔火氣都被男子春露般澄淨的笑容給澆熄，發作不了。

男子張開脣，正當胡璃以爲他要說些什麼，他又笑了起來。

「眞可愛。」

胡璃瞪大眼，都不知道在對方眼中，像名少女披垂長髮又在胸前抱著一隻小毛狐的她，不再是艷冠群芳的名妓，格外惹人憐愛。

「不要笑了，立刻把我弟弟變回來！」

「抱歉，是陸某怠慢遠道而來的賓客。」

男子揚起右臂，林間的雲霧隨之旋起，像是一陣煙竄入道士的青袍袖口。霧色散去，清晨的日光透入竹下，暖烘烘的，讓小狐舒服地翻過肚子。

胡璃心疼望著逃亡以來總是守著自己不闔眼的小紅狐，發現男子在看自己，趕緊把小狐抱緊一些。

「敢問姑娘芳名？」

「我還不知你來歷，爲何要告訴你？」

「是在下唐突了。敝姓陸，名璣，字小星，見過阿璃姑娘。」

胡璃在京城所見的達官顯貴，總是強調男子的英雄氣概，第一次碰上南方水鄉的男子，說話軟得像水。而且見他漫步走近才發現，他還矮她一顆頭。

男子來到胡璃面前，又低身謙謙一拜。

「都怪陸某貪看美人，疏忽待客之道。勞請阿璃姑娘與阿琇公子移駕寒舍。千里而來，你倆最需要的即是臥榻與一杯清茶。」

胡璃鬼使神差跟著這個名叫「陸璣」的男人挪動腳步，總覺得有什麼地方不對勁。

「等等，你怎麼知道我名字？」胡璃寒毛直豎，戒備地瞪著男子。

陸璣回眸一笑：「陸某是名道士。」

胡璃怔了怔，她此行就是爲了尋找能帶他們姊弟回鄉的異人，尋尋覓覓，卻在不意料的時機來到她眼前。

「你就是『陸家道士』？」

「正是在下。」

胡璃快步追上陸璣，和他並肩走在竹片鋪排而成的雅緻林徑。

「陸道長，且慢，我有事相求！」

「進屋再談，我要是在這兒拒絕妳，妳一氣之下抱著小狐狸坐船走了，就會撞上皇帝派來的追兵。陸某雖然不是善人，但也不忍心看著你們姊弟悽慘死去。」陸璣垂著淡色的眸子，似乎在看冥冥之中的定數。

「爲什麼？」胡璃不再感到意外爲何這男人知道她的來意，更在乎這人爲什麼毫不猶豫地拒絕援助？

就算冷不防被美人貼近身軀，陸璣還是堆滿笑。

「該怎麼說呢，還是先進屋來吧？」

不知不覺，他們已經走出竹林，來到一處瀕水的院落。竹籬圍起同樣由竹子搭建而成的雅舍。雅舍無門，讓人得以一眼望見廳堂的擺設，棋盤、書畫，還有斜倚的琴，說明這男人的確懂音律。

陸璣進屋說要給胡家姊弟沏茶，而胡璃將小紅狐放在前廊曬太陽，自己卻不入內，連退三步，打算在小院中下跪求援。他要是不答應，她絕不起身。

可當她正要跪下之際，屋內突然傳來巨響。

胡璃急奔入室，穿過內室來到後院露天的灶腳，只見滿地茶葉和燒破的水鍋，還有一個無辜笑著的圓臉道士。

「你到底在做什麼？」

「我想泡茶給妳喝，但是我不會煮水。」陸璣笑得很可愛，胡璃直皺眉。

「沒有服侍你的人？」

「沒有，這兒只有陸某一人。」

胡璃不知為何，腦中迸出一個無聊的想法：原來他還沒婚娶。

胡璃叫道士滾邊去，挽袖打掃起這片慘狀。

「阿璃姑娘，妳真是賢慧的好女孩兒。」

「你給我住口。」

胡璃費心收拾一番，自己泡好招待自己的茶水，順帶幫忙收了後院的衣物。陸璣從頭到尾就在旁邊袖手看著，似乎很明白他出手幫忙只會給胡璃添亂。

等胡璃隔著茶盤和陸璣對坐，看他開心抿著香茗微笑，才想起自己忘了的要事。

「你是故意把我引進門？」

「總不好讓美麗的姑娘髒了裙裳。」

胡璃聽出陸璣委婉的語意：原來他是故意不讓自己下跪求情。

胡璃心頭忿恨，自從見到這道士之後，就一直被牽著鼻子走。

紅狐嗷嗷走來，嗅到胡璃的氣味，熟練地趴上她大腿，繼續睡下去。

陸璣笑道：「令弟很討人喜愛。」

「他就像我的孩子。」胡璃板著臉撫摸小狐，她必須提起十二萬分精神，絕不再受道士左右。

「這樣很好，有至親相依偎。」陸璣溫柔凝視美人和小狐，用長者的口吻勸道：「不如妳和令弟找個人煙未至的山林，安穩過日子。」

「不行，我不能獨善其身。」

「你們未受國家的庇護，如今青丘動亂，又何必趕去送死？」

「我在人間長大，雖然京城繁華美好，但終究不屬於狐。被你們的皇帝驅逐後，我才知道不論我是狐是人，活在世上，終是要有一個歸屬。青丘王死，烽火連天，我必須回去拯救我的國家。」

「妳的立願很好，就像個稚子天眞。而妳有什麼？妳又憑什麼拯救蒼生離水火？」

從見面以來，陸璣臉上總帶著笑，以致於胡璃一時接受不了他柔聲托出的實情。

胡璃被戳中痛處，負氣說道：「道長，我的願望我來實現，你只要帶我們回家，無須多管閒事。」

「很遺憾，我做不到。」

「爲什麼？」胡璃咄咄逼問。

陸璣微笑：「因爲我快死了。」

湖面澄澈如鏡，映照出夜空繁星，以及密密麻麻的士兵。

胡家姊弟不過出外打點一些藥材，回來時就撞上這般肅殺的景象。他們姊弟只得藏身在林子樹頭，遠望著駐紮在湖畔的軍營，沒法回到湖心的雅舍。

「姊姊，妳覺得這是皇帝陛下派來捉我們的嗎？」

胡璃柳眉輕蹙，不快地說：「時節入寒，不趕緊整治他那身敗壞的肺腑，恐怕要發病了，擋什麼路？」

「姊姊，妳還眞是關心陸兄……痛痛痛！」胡琇慘遭美人肘擊。

胡琇原本以爲道士都是白髮蒼蒼的老者，會義正辭嚴地告訴他們：「人妖殊途，這忙貧道無能爲力。」沒想到他們找到的陸家道士卻是個適婚之齡的青年，說話總是笑著，不說話也在笑，和他壞脾氣的姊姊坐在一塊看上去頗是登對。

「姊，你們都已經孤男寡女在房裡一起待了好幾晚，還有什麼好否認的？」

「我是請教他天文地理和三界通史，你想去哪了？」胡璃氣得俏臉發紅，欲蓋彌彰。

「可是我老聽見陸兄房裡傳來笛音，他總不能一邊教書一邊吹笛子吧？」

「那是他講累了，吹幾曲放鬆心神。」

「哦，我還以爲他喜歡姊姊，知道妳喜歡小調，存心吹給妳聽。」

胡璃繃著姣好的臉皮，胡琇還以爲她在生氣，胡璃卻結結巴巴擠出話來。

「阿琇，你覺得他喜歡我嗎？」

嗷嗷，眞的栽下去了。

「當然，哪個男人不喜歡姊姊！」

「可是他……都只是對我笑……我看不透他在想什麼……」

嗷嗷，看來栽得很徹底啊！

「姊姊喜歡陸兄，不如當面問清楚吧，婚事擇日辦一辦。」

胡璃對弟弟吼了聲，胡琇哈哈大笑。

「我的好阿姊，妳要當王，但妳也總是要嫁人嘛。先前在京城，多少王公子弟拜倒在妳羅裙下，妳連看都不屑看，難得有個男人入妳的眼，怎麼不快點把他叼進嘴裡？」

「他是人類，又是道士，我眞不知道自己發什麼瘋？」胡璃只要閉上眼，就會浮現陸璣的笑臉，還有他略帶沙啞的笑聲，怎麼也聽不厭膩。

明明認識還沒多久，心就被帶去大半，身爲狐妖的她不禁感到惶恐。

「可能因爲陸兄那張水腫的臉像雞蛋吧？狐狸都喜歡蛋。」胡琇認眞地說，胡璃聽得好氣又好笑。

胡璃再望向湖面，總覺得哪裡不對勁，胡琇在一旁低喊：「姊姊，魚！」

湖面倒映的星空散去，被浮起的大魚取而代之。士兵在水邊看著嬉戲的巨魚，目瞪口呆，全然不知該如何反應，一會才想起通報隨行的國師。

國師是個戴高冠的中年男人，冷不防被吵醒，氣急敗壞，先把嚇得半死的小兵罵了一頓，才下達殺令。

「這魚一定是那妖道的障眼法，等牠浮上水面，發火箭殺了！」

胡琇耳力絕佳，聽得直搖頭。當兵最討厭被外行人指使，驅敵遠勝殺敵，不懂這道理也就算了，又在水邊弄火攻，敵人就算只是個病弱的道士，勝率也因爲指揮官是大蠢人而直接掉五成。

大魚似乎聽得懂人話，知道湖上的蠢人要燒牠，魚身一躍，潛入湖中，許久不見動靜。

就在士兵和國師以爲魚不見了，突然間，湖中噴出水花，火光照射下，像是春日盛開的紅蕊，這般炫爛的光景使人忽視隱藏在背後的危機。

等水花退去，士兵們視線只有一片黑，躍起的大魚已經籠罩在他們上空，張開血盆大口，將士兵和兵刃一口氣吞進腹中，撲通，又落入湖中。

湖畔只剩下跌坐在地的國師，想逃，可身上華美的金裳長罩絆住他的腳步。

「嗷嗷，我死得好慘啊……」湖中浮起一抹蒼白的青影。

國師全身發冷，他這個勾心鬥角換來位子的現任國師，不難認出讓皇帝從佛門改信道法、被賜予無上榮華的前任國師。

「陸、陸璣，不、不是我害的，是皇帝要殺你啊，我只是奉命行事！冤有頭債有主！」

「這裡好冷……好想抱著狐狸尾巴睡覺啊……」青影繼續吐著舌頭，裝神弄鬼。

「與我無關，那血咒是皇上親自下的！除非他死，否則你魂飛魄散也離不開這湖陣。」

「唉，那不就是逼陸某弒君麼？難怪陛下整天以爲我會去找他索命。」

國師誤會青影自我調侃的意思，惶恐萬分，連著向青影磕頭。

「陛下待你如手足，就算他命令你去死，你也不能傷害天子！」

青影忍不住笑：「傻了，沒有哥哥會殺弟弟，殺兄弟是畜生，你怎麼可以說陛下是畜生呢？」

「我才沒有！」國師好冤枉。

「也罷，被畜生所騙，怨不得誰。你也別貪那幾兩錢，陛下多疑，就算你只是個草包，在他眼中也會變成吃人魔鬼。」

國師怔怔看著青影，不自覺又磕下響頭。

青影隱去，大魚重新浮出水岸，將一干士兵完好吐出，只差在每個人都光溜溜一片。

胡璃和胡琇來到湖畔另一頭，陸璣一身簡便的青袍子，笑咪咪側坐在魚頭上，來給姊弟倆接風。

胡璃劈頭就罵：「你非得捉弄人才甘心？」

「不見阿璃姑娘，我心煩亂，只得找事來解悶。」陸璣探身伸出手來，胡璃扭過頭，但仍是遞出纖纖素手，讓道士握入他冰涼的手心。

「陸兄，早知道你不是普通角色，沒想到竟然這麼厲害。」

「阿琇公子過獎了，沒有一流觀眾，何來上等演出？」

「哦，原來你是特地露這手給姊姊看，小子，真有你的。」胡琇搥了下陸璣肩頭，陸璣咯咯笑。

「沒大沒小。」胡璃瞪過美目。

胡琇作勢向陸璣道歉：「對不起，恕我失禮，『姊夫』。」

「阿琇！」

胡璃吼完，照理應該在弟弟面前避嫌。她卻把外袍脫下，披上陸璣肩頭。陸璣攬起留有餘香的白袍子，笑容明媚三分。

胡琇看在眼裡，郎有情、姊有意，怎麼還不快點把事辦一辦？

三人回到竹舍，胡璃呼口氣，點起屋內的火爐。等室內充滿熱息，陸璣蒼白的臉色才回復一點血色。

胡琇忍不住話，搶先開口問：「陸兄，爲什麼皇帝要派大軍殺你啊？你是不是像姊姊和我那樣大鬧皇宮，惹火皇帝？」

「說來話長，年少輕狂，接了皇帝詔命去滅鬼國。陛下擔心陸某一個不小心也把他的人類王朝給滅了，就先出手滅了我。」陸璣笑容可掬，好像說的是別人家的趣事。

胡璃聽了，重重刷開眼簾。他們兩姊弟之所以會離開京城，追根究柢即是因爲一個「鬼」字。

皇帝以天子的身分滅了鬼國，普天同慶；然而皇帝卻瘋了，夜半在宮中呼號：「不要殺我、不是我害的！來人、來人啊，殺了他——！」

胡璃那時入宮一見，鬼魅已經充斥在帝王心神，無藥可醫。

胡琇兩手一拍：「陸兄，原來你就是皇帝心頭那隻鬼啊！」

「陸某是名道士，如果可以，並不想當鬼。」

雖然陸璣表現得雲淡風輕，沒說一個痛或恨字，胡璃卻能想像得到他經歷了多少不堪，付出真心卻遭到背叛。

「你幫皇帝平天下，皇帝的天下卻不容你？」

「至少陛下還賞我這座湖，夜裡星子很美。」

胡璃再也聽不下去，氣憤地糾正陸璣滿口渾話。

「賞賜？你是被軟禁！你以為我會看不出來這片湖是道鎖命陣？所以你生活飲食只能靠偶爾來捕魚的老船家施捨，你根本無法離開這裡！」

「是，陛下命人給我施咒，如果我走出湖水所及的界線，即會血脈盡碎而亡。」

胡琇不由得感嘆：「這麼狠毒，可見皇帝實在怕慘你了。」

「好說。」陸璣微笑應下。

「我有法子。」胡璃揚起聲，挪步到陸璣面前。陸璣對她眨眨眼。「你只要帶我們姊弟回青丘，助我為王，我就能救你這條性命，同時帶你離開這水牢。」

「阿璃姑娘，怎麼說？」

「待我為王，賞你九尾，長生不死。」

陸璣大笑，胡璃臉色不變。

「天真，沒有力量，何以治國？」

「我有阿琇。」

「是的，姊姊有我！」胡琇奮力挺起胸膛。

胡璃又說：「陸璣，我想當王。」

陸璣脈脈望著美人：「我知道。」

胡璃在這男人的眼中找到自己的倒影，這些日子她不顧男女之別地連夜傾訴，就是爲了說動他的鐵石心腸，這世上可以說沒有人比他還要了解她的夢。

「但妳要怎麼證明妳適合爲王，而不是痴人說夢？」

「如果我能救你呢？」胡璃一個傾身，幾乎要貼上道士的笑臉。從她知悉他蒙冤的故事，她胸口的熱血就愈發激昂。「如果我能保護皇帝一心想致之死地的你呢？是不是代表我也能撐起一個王國？」

陸璣淡淡一笑：「不說話像名仕女，一開口才知道還是個小姑娘。」

胡璃火氣翻騰，他要逼她退，她偏不要，握住陸璣冰冷的十指。

「陸璣，我絕不負你！」

陸璣垂著眼笑：「皇帝陛下也說了同樣的話。」

胡璃顫抖著身子，旁人以爲她就要大發雷霆，她卻哭了出來。

「被手足背叛一定很痛吧？一個人被拋棄在冰冷的湖水，你是怎麼撐下來的？你明明不想死，不想死啊，哇啊啊！」

胡璃抱著發傻的陸璣號啕大哭，胡琇怎麼也拉不開。

「姊，妳嚇到陸兄了！人類男性不習慣哭得像熊的雌性，節制、節制！」胡琇好久沒看見自家姊姊失控。

記得上次那回，他們姊弟還是個半大的孩子，找了整夜的哭聲，最後在破屋牆角的凍死婦人懷中找到哭到斷氣的嬰孩，平日總是冷冰冰的姊姊，也是伏地哭了老半天。

沒爲什麼，就是太可憐了。

「陸兄，你也幫忙安慰幾句。」

就算美人在他面前大哭，陸璣仍像個沒事人，眉目淡然，伸手拭去她的淚水——只有胡琇看見他差一點反抱下去的雙手，還眞能忍啊！

「阿璃姑娘，不要哭了，當王不能哭的。」

「你是什麼意思？」胡璃這才鬆開手，含淚凝視這個命運多舛的男人。

「沒什麼，只是突然覺得妳戴上冠冕，應該很好看。」

「你答應了？」

陸璣笑而不回，胡璃又激動撲抱上去。

「說好了，我們說好了喔！」

陸璣瞇著眼笑，眞可愛，石頭的心也會發軟。

「好吧，我也想多看幾年星子。」

第五章　如墮五里霧

來到異世第四天，胡理不得不慢下腳步，原因有二。

原本視野開闊的草原泛起霧氣，視線不清。胡理以爲就像人世一樣，只要太陽升起，霧氣就會蒸發消散。沒想到時間過去，霧氣越加濃厚，連貼在身旁的胡袖的臉也看不清楚。

胡理叫胡袖從他背包拿出ＬＥＤ手電筒，但光只能照亮半徑兩公尺的範圍，他不得不叫大伙停下來。

胡理背後傳來箕子微弱的聲音：「阿理……你有沒有聞到……魚腥味……」

胡袖嗅了嗅霧水，說有一點鹹魚味，還說他們家對面的鹹魚刈包最好吃了，是熟客才知道的私房菜單喔！

「箕子，你都快掛了，歇著吧。」

除了大霧，胡理苦惱的另一件事，就是小伙伴病倒了。

胡理本以爲箕子淋雨受寒而生病，可是燒退了，箕子還是欲振乏力，胡理只能揹著手腳痠軟的箕子緩步前行。

箕子不死心，從胡理肩頭要死不活地伸出手。

「吾乃天地之乩祈……受身眾神之血肉……祝融大人……幫幫忙……」

箕子指尖竄出一枚小火，似乎雞蛋子大師想用火的熱能，加快水分子從液態脫離至大氣的速度以驅散大霧，可惜事與願違，他手上的小火早一步被霧水的濕氣壓過，啪地熄滅。

「哈哈哈，沒用……」箕子發出快死掉的乾笑。

「我說了，你就趴著別動。」

「阿理，你把我丟下來好了，等我好過一點，我就會想辦法追上你和袖袖……」

「笨蛋！」胡理用力斥責一聲。

「哥，我來揹箕子哥好了。」胡袖想要幫忙。

「小袖，我身上有宗主的尾巴，體力還夠。而且妳這麼做，箕子會一輩子抬不起頭。」胡理制止妹妹的好意。

「我不介意給袖袖揹……」箕子有點心動，被胡理往後肘擊。「阿理，說眞的，你現在要我回去，我才會一輩子討厭我自己。」

胡理被說中想法，還沒考上醫科，就在煩惱病人死在眼前該怎麼辦，還是他擔心了半輩子的好友。

「箕子，我不是嫌棄你廢物，眞的，只是我害怕你就這麼客死異鄉。」

箕子知道胡理是爲他好，但他的玻璃心肝還是有一點受傷。事實就是擺在這兒，不管他怎麼努力想幫忙，總是反過來給胡理添麻煩。

「我也說啦，死也要死在你身邊……」箕子倔強說道。

「那好吧。」胡理繼續往前走。胡袖有感兄長身上的低氣壓，乖巧拿著手電筒，跟著胡理趕路。

走在兩人身邊的胡袖，可以清楚看見胡理生悶氣和箕子快哭出來的樣子，想起一件不大不小的往事。

「箕子哥，你之前不是得了蕁麻疹，很嚴重、快死了？」

「其實不是蕁麻疹，是去超渡冤魂被沖煞到……」箕子有氣無力聊起往事，再累也無法拒絕跟小袖妹妹聊天。

「你這樣子沒跟我哥講，我哥會生氣喔！」胡袖輕快說道，胡理果然轉頭瞪了箕子一眼。「你兩天沒去學校跟哥哥早餐約會，哥他都快擔心死了。聽說你在家動也不動，你的養母工作忙沒法照顧你。哥哥跟媽咪商量要爸比暫時搬出去，想把你接到家裡照顧。」

「這樣啊……我都不知道……」箕子覺得很對不起胡爸爸，平白無故要被一個外人鳩佔鵲巢。

「而你是怎麼對我的？」每次胡理刻意昂聲說話，就是要跟箕子算帳的時候，箕子忍不住抖了兩抖。

「我也只是沒接你電話……」
「這還不夠罪該萬死？」
「阿理，對不起！」箕子完全反抗不能。
胡理瞇著美目，語氣略帶不爽。
「所以我也不放心你一個人回去。你就算回去也不敢找我媽，你又跟嬸婆鬧翻，沒人能照顧你，我不放心。」
「阿理……」箕子有感世間沒人比胡理了解自己，沒了胡理他眞不知道該怎麼活。
只是有一點胡理想錯了，箕子在人世還有依靠，強大而萬能。
箕子強撐著昏沉的眼皮，用心誠摯祈求。
神乩和靈媒不同，乩身呼喚三次才得回應，不是神想端架子，而是人和神溝通的頻率微妙不同，簡單來說就是神有點耳背。那一位也是一樣，靈魂可以經由召術叫喚而來。箕子好幾次懷疑過他不是凡人，只是弄了一個肉身來人間玩玩。
——師父，求求你，幫幫我……

秦麗三狐一蝶也因爲大霧止步。

西北黃土原雖說一片平坦，但鄰近王城的區段有地下河流經底部，經常發生崩塌而形成不連續的小窟窿。平時無礙，避開就好，但在濃霧籠罩下，視線不清，一旦失足跌下湍急的地下河道，不僅是王位無望，連小命都保不住。

好在秦麗大少爺看來不怎麼擔心，開心地和黃蝶玩耍。

等到秦麗終於玩累了，回過頭來詢問兩名大狐娘娘。

「炸雞、烤鵝，爲什麼霧這麼大？」

秦落雁說：「別攔我，我要殺了他。」

秦飛燕嘆道：「去吧。」

黃蝶飛上秦麗面前，拍打粉翅，撒下金色的鱗粉。

秦麗以手擊掌，他知道黃蝶的意思了。

「霧是有人一直打噴嚏才會這樣，對不對？」

秦落雁問：「他竟然猜得到，天要下紅雨了。」

秦飛燕嘆道：「退三百步來說，至少咱們少主運氣不錯。」

大霧是青丘著名的災害，嚴重影響交通和農業生產。而且起霧的原因和人世大不相同，沒有曆書節氣可以預估大略的時期，並非週期性的自然現象，至今仍然沒有解決的妙方。

經過調查，大約五十年前開始，南海的巨魚鯤會集體上岸，朝北方打噴嚏，通常會先出現一股怪風，緊接著就是噴嚏形成的濃霧，一直持續到大魚清完氣孔。

宗主為此頭疼好一陣子，不得已承認自己的無能，只能說幸虧只是過敏不是流感，不然青丘就要亡國了。

但如果這霧來得這麼簡單，就不會出現在遴選試題當中——拂霧朝青閣。

雖然大霧讓宗主大人傷透腦筋，但她其實完全有能力驅散大霧，見過她露那一手的狐無不拜倒在她的白紗裙裳下。而宗主卻特別保留這個「意外」，分明有意考驗三家候選人。

秦麗聽了兩位大狐阿姨說明，若有所思。

「少主有什麼高見？」

「我想到上次安可載我去兜風，也遇到很濃的霧。」

兩狐對少主不抱期望，但秦麗口中的「安可」引起她們的好奇心，畢竟是秦大娘的相好，人稱「陳三」、「陳三爺」，九聯十八幫東聯陳大幫主。

雖說是個人類，但和一般平庸的男人不太一樣。陳三有個從年少結髮多年的妻子，因為車禍臥癱在床二十年。陳三不離不棄，每天晚上都為妻子梳髮，唱歌哄她入睡。

許多人勸他再娶，但陳三都笑笑帶過。

後來陳三因為生意合作而認識秦媚，驚為天人，重金包養下來。有了這麼一名絕色的小老婆，旁人也不再熱心介紹女人給陳三。

秦大娘拿了錢，不只把陳三服侍得舒舒服服，也用心把陳三家裡照顧妥當。晨昏定省，絕不怠慢主母的侍奉，就連家中的老僕也對秦媚這個外頭的小姨子敬重三分。

所有人，包括陳三，都以爲秦媚只是領錢辦事，這麼一個冷若冰霜的美艷女子，才不會看著陳三抱著妻子慢舞的深情而動容。

直到慶中餘孽突襲東幫，秦媚奮不顧身爲他擋下致命的那一槍。到這個地步，秦家的狐才知道，秦大娘早已喜歡上總是老不正經逗她笑的陳三爺。

陳三抱住橫倒的秦媚，秦媚卻在他懷中化成狐狸。

那天晚上，陳三沒有回家唱歌。

當陳三徹夜未眠，拖著染血的身子回家，家裡人急急來報：老爺，夫人醒了！

陳三鞋也沒脫衝上樓，日思夜盼，終於見到髮妻睜開雙眼。

然而，陳夫人卻拉著陳三的手，流著淚請求。

「朝三，不要辜負阿媚……」

陳三抱緊妻子，知道這是她迴光返照。陳夫人別無所求，只希望陳三能再次承擔一個女子的幸福。

陳夫人急救無效，呼吸衰竭死去。

陳夫人的喪禮由秦媚一手包辦。她帶傷仍是指揮若定，各大幫派雪花般湧來的白包一個子都沒漏掉。

陳三紅著眼坐在主位，秦媚本想向他求去，但念著兩人情分，還是出聲安慰他。

秦媚：「離開你，她一定會過得很好。」

陳三：「喂喂。」

陳三從喪禮回家的路上，牽起秦媚的手。

這就是秦媚無法繼任宗主的主因，國家之大、權位之重，在她心中卻比不上一個喪妻的男人。秦家姊妹推派不出相應的人選，只能拱出秦麗這個草包少爺。只要秦麗當王，秦媚就不可能拋下青丘。

換句話說，秦麗就是秦媚幸福路上的拖油瓶。

兩狐女心思轉過一輪，又回到秦麗的呆臉和黃蝶所在的現實。

「少主，陳三爺會載你去玩啊？」

「對啊，安可就像我爸爸。」

秦麗毫無心理障礙，自然而然說出內心的想法。秦家兩個阿姨心想，這小子某方面來說真是個狠角色。

秦麗接續他被打斷的敘事：「我弄傷表哥，媽媽都不理我。我很難過，安可偷偷把我從房間抱出去，說要進行男人間的談話。安可和我說了很多話，回來的時候，我們遇到霧，車燈開得再亮都看不見路。可是再不快點回去吃早餐，媽咪會生氣，安可就開車走隧道。安可說他不怕死，就怕他心愛的小狐女皺眉……」

「啊！」一旁響起女子的驚呼。

「媽咪？」秦麗好像聽見母親的聲音。

黃蝶克制不住顫抖，以揮翅的頻率給兩名傍身姊妹下指令：走地道。

霧止於地面。而狐族習性穴居，地下留有不少舊時的地道，地下的路徑會比濃霧遮蔽的地面安全。

「是！」兩狐女立刻起身準備。

「怎麼了？」秦麗一頭霧水。

秦落雁和秦飛燕聯手揉著秦麗的臉蛋：「我們少主真聰明！」

「那當然啦！」秦麗笑開來。

黃蝶有股衝動想要抱緊秦麗，卻還是強忍下來，只是在他頭上翩然轉了一圈。

♛

鴉頭忍不住嘆氣，都怪她討厭人類的偏見，放棄溫柔體貼又應該很會煮飯的胡理表哥，選到死亡組。

犬塚這條路本來就不好走，偏偏就在他們快要離開森林的時候，南海拂來大霧。

平時的林子和起霧的林子完全是兩個世界，方向若是抓得不準，恐怕落入犬靈的巢穴，成爲狐肉大餐。

如果是別條路，例如東方草原和西北黃土平原，大霧還有消散的機會。但他們走的路卻是最靠近南海的南方，除非那群吐霧的臭大魚一夕轉性把霧吸回去，不然他們根本動彈不得。

鴉頭只能坐在枝頭上晃腳，托著粉頰說風涼話。

「小毛，你有什麼好辦法嗎？」

毛嬙冷冷道：「題目一開始就說明有霧，沒有解決的法子，我會敢走這條路？」

「哦？」鴉頭勾起脣。

「毛爲了遴選，眞的很努力喔！」夜錦給予小伙伴正面肯定，想說多多鼓勵代替責罵，毛嬙心理會比較不扭曲。「可我總覺得宗主大人沒有虧待我們，如果我們先前選山路，以我們的腳程應該已經跨越山頭、來到背風處，也就是起霧時狐群常走的便道。宗主說不定看在我們年紀最小，才會特別照顧……」

毛嫱只是大吼：「妳閉嘴！」

夜錦忍不住露出悲傷的眼神。

「小毛，你幹嘛對夜錦這麼兇？她要是想不開，去跟廢物前男友復合怎麼辦？」鴉頭充作和事佬勸道。

夜錦皺眉看過去，請鴉頭別再提她男朋友。

「隨她便，只要我能當上宗主就好。」

「也好，夜錦離開，我這個開國功臣就能霸佔左右大護法的位子。」

毛嫱難得理會鴉頭的話：「右邊是夜錦的位子。」

夜錦睜大眼，她說了那麼多次，毛嫱似乎還是沒聽清楚她的人生規畫。

「毛，我說過你當上宗主，我就會離開。」

「無所謂，青丘狐之國，妳總是會回來。」

夜錦這才知道，毛嫱始終抱持著這種想法：只要他當王，就沒有狐會再拋下他了。

鴉頭咯咯笑了起來：「我說夜錦，忘了妳那男人，再過幾年，小毛就會是成熟的公狐了。」

「妳不要亂說，我跟毛才不是男女關係。」夜錦要鴉頭別來亂，她正煩惱該如何導正毛嫱的誤解，想跟毛嫱解釋清楚，不是得到權位就能塡補心靈的空洞。

「夜錦。」毛嫱喚道，要她們停止談話。

「哎呀，我們這組是三隻狐對吧？」鴉頭皮笑肉不笑，從她加入至今，毛嫱從未好好稱呼過她的名字或是叫她一聲姊姊。

「鴉頭，毛比較害羞，不是故意不理妳。」

「胡璃宗主——」毛嫱改叫另一個名字，兩位少女完全安靜下來。「妳應該記得，兩年前的盛宴，她是如何解決大霧。」

「記得，畢生難忘！」鴉頭端坐回答，一改輕浮的態度。

兩年前，百妖覲見，就是爲了一睹青丘女王的風采，卻不愼碰上突然降臨的大霧。看不見要人如何去看？於是，長年閉關於宮中的宗主大人走出宮室，信步來到眾狐所在的壇場。她身上僅著一襲薄紅紗，隻手劃開羽扇，跳起祈風的禳舞。

妖世也有自然神，洪荒戰後沉寂於歲月。那一舞，驚動了沉睡的古風神。人面獸身的風神大人青足踩著彩雲，神臨於青丘之國。

宗主跳了一日一夜，被她那身絕美舞姿迷惑的風神，怎麼也離不開青丘，大風呼蕩不止，直到白霧完全散去。

毛嫱當時僞裝成白毛狐，伏在壇場最前頭，目不轉睛記下宗主的舞步。他忍不住想，要是胡理來跳，一定很好看。所以他必須在胡理跳給大家看之前，斬斷他雙腿。

毛嬙勾手起步，隨著吟唱的神曲擺動身姿，同時幻化出過膝的黑裙裳，從袖口抽出黑玉板扇，向外甩開，發出玉石碰撞的清脆聲響。

他在僅容單足站立的枝頭翩然舞動，單論技巧，可說勝過在平坦壇場跳舞的宗主大人。

夜錦握緊雙手，爲了這支舞，毛嬙不知道練習了幾百千次。

林葉沙沙作響，開始起風，風勢大得蓋住底下犬靈的呼嚎。往天空望去，隱隱有隻青色眼珠盯著在樹梢跳舞的毛嬙。

毛嬙沒能像宗主召喚來自然神的本尊，不過只要風神一隻眼睛就足夠驅散林中的霧氣。

毛嬙跳得汗濕裙裳，也不敢慢下節拍，直到風神之眼消散而去。

風神離去前，喃喃一句：「僞物。」

毛嬙就要脫力倒下，夜錦及時抱住他。

「毛，你做得很好，你眞棒。」夜錦像是哭泣一般誇獎著毛嬙。

「有什麼用？又沒有人在乎……」毛嬙昏睡過去前，脫口說出藏了又藏的心底話。

♛

每當日光被大霧掩去，青色琉璃瓦塑立的宮城總是特別寒冷。

於深宮休養的女子伏在水晶鏡上，鏡面映照出她沒有血色卻不改顏色的美麗臉龐，嚴肅監看三家候選人的動靜。

她獨自低語：「秦家、毛氏通過，只剩小理子還沒解題。」

鏡中的胡理守著一人一狐，苦思著對抗濃霧的法子。他冷不防抬起頭，撈起被霧水浸濕的劉海，直視他應該看不見的鏡面。

「老宗婆？」

明明形貌是快要長成男人的大男孩，在女子模糊的眼中卻還是蹭著她足踝的小白狐，搖尾打滾，只為討她歡心。

她不能心急催促：「快一點過來，再快一點！」只能捂著抽痛的胸口，咳出鮮紅血絲。

時限將至，任憑她是青丘千年的王，也不禁變得膽怯。

就怕她與那孩子，再也不見。

第六章　拂霧朝青閣

第六日，青丘之閣仍舊遙遠。

胡理明知進度落後，但還是叫了暫停，等箕子恢復健康再說。他要蹦蹦跳的胡袖在附近找他指定的藥草，自己留在土穴照顧箕子。

箕子高燒不退，發出不明的囈語。

胡理五指撫著箕子的額際吸走熱度，輕聲說著「對不起」。

箕子翻過身子，惺忪睜開眼，看著眼前的胡理好一會。

胡理柔聲關切：「弟，好些了嗎？」

「我口渴……」

胡理趕緊遞出以防旅途缺乏維生素C而敗血、裝著檸檬水的水瓶，箕子灌下一大口，胡理叫他喝慢一點，喝得太多，以後缺水就得喝尿了。

喝完水，箕子雙手按地，似乎想要起身，卻脫力倒在胡理身上。沒有一聲抱歉，就這麼靠著他繼續補眠。

「箕子。」

箕子沒應聲，只是發出清醒的悶笑。

「你好像變得更無恥一點了。」胡理很無奈，要不是看在這笨蛋生病的份上，他老早宰了他。

箕子攀著胡理肩頭，勉爲其難抬起頭，定睛望向胡理。胡理被他看得微微發毛，總覺得箕子不太一樣。

「的確是個小美人。」

「你嫌活太長嗎？」

正當胡理要計較箕子滿口胡說八道，箕子卻別過臉，似乎胡理的美色在他眼中也不過爾爾。

箕子撥起半長的劉海，環視周遭情況，輕聲喃喃：「是鯤噴出的霧啊……」

「什麼意思？」

「海裡有魚蝦，大魚吃小魚，也將小魚體內的環境荷爾蒙加倍累積。」

「你是說生物放大？」

箕子半垂著眼，要睡不睡地說道：「鯤是南海的一種大型水族——人間曾在北海有過記載。大魚吃了多年的小魚，毒素成了它們體內的過敏原，哈啾一聲，把海水噴作細小的水珠，順著南風籠罩整片大陸。」

胡理好一會才消化這個訊息，人間起霧的原因是因為水凝結，而妖世起霧的原因是大魚吐氣。

「箕子，你沒有在誆我吧？」

「我怎麼會誆你呢？」箕子對胡理眨了眨眼，「我睡著的時候，你有想到法子了麼？」

胡理總覺得箕子有股說不出的怪異，既然知道成因，為什麼不一開始說出來？而且箕子的氣質怎麼裝成君子都是個小痞子；現在卻恰恰相反，像是一個紳士在假扮小混混。

胡理雖然疑惑，還是向箕子說明：「我想過走地道，附近有一些通往地下水道的入口。但我對狐族古地道並不熟悉，貿然進入恐怕只會迷失方向。」

「還有呢？」

胡理收起好友之間親暱的口吻，正經八百回應對方：「照顧箕子，等他好起來，希望他能使用與風相關的方術。狐族應該也有風的術法，可惜我的強項並不在此。」

箕子微笑看著胡理，就算胡理已經察覺到古怪，也不打算說破。

「還有呢？」

「不理會霧，我有絕對方位，直接步行到宮城。」

「不行，『拂霧朝青閣』，你沒有解決問題。」

「可是……」胡理想要辯解，這已經超出他的生活經驗，加上他學來的知識教育他大自然有其法則，天象必須聽天，不是人力可以處理。

但他如果就這麼放棄，和人世那群攤手擺爛的官員有什麼兩樣？青丘何必接納一個遇事只會推說「我是人子」的半妖？

胡理這才發現他停下腳步不是爲了箕子，是因爲他不想承認自己解不了題。

就在這時，胡袖採完藥草，臉和手腳沾滿泥土，像個小野人回來了。

胡理還沒能跟胡袖說明眼下詭異的情況，胡袖就興沖沖迎上去，想把手上未洗過的藥草直接往箕子嘴裡塞。

箕子雖然一副睡不飽覺的樣子，閃得倒是很快。

「箕子哥，生病就要吃藥。」

「我不需要，我好得很。」

胡袖回過頭，看向對她欲言又止的胡理。

「哥，這個人是誰？箕子哥到哪裡去了？」

「妳認得出來？」胡理意外胡袖的眼力，他跟這人聊了好一會才發現箕子被調包，胡袖卻能在三兩眼之間看出破綻，表示胡袖比他更了解箕子。

「當然要認得出來呀，不然我怎麼有辦法交很多男朋友？」胡袖雖然笑得天真，但胡理隱隱感到小妹在婊他十八年守身如玉這件事。「要是眞的箕子哥，我就算要他吃土，他也會說很好吃。」

「小袖，不可以叫箕子吃土。」胡理按著額頭，對兩個小的之間的關係很頭痛，一個願打，一個願挨。

「箕子」沒說什麼，只是對胡袖笑了笑，像是大人在聽小孩子炫耀玩具。

胡袖被這一記笑容定住眼，然後退了兩步，躲到胡理身後。

「怎麼了？」

胡袖低聲告誡胡理：「哥，我突然覺得箕子哥好帥。」

皮相沒變，還是十八歲毛沒長齊的高中男生，才換個魂就立刻把到妹，胡理不由得爲箕子本人感到可悲。

「不是妳的錯覺，『這個人』應該很厲害。」

胡袖兩手擊掌，在胡理還沒反應前，將頭抵著雙手，伏地跪下。

「我們想到青丘去見宗主，請幫幫我們！」

「小袖！」胡理急得跟著跪下來，把胡袖抱進懷裡。

「我很笨，幫不上哥哥的忙，箕子哥求來厲害的人，我來拜託他幫忙。」胡袖雙眼非常亮，炯然望著被換魂的箕子。只要能讓胡理成功爬上王位，她的自尊和性命都能雙手奉上。

「君位不是求來的，這樣不對……」胡理緊閉上一雙美目，雖然他什麼也沒說，但他的無能看在胡袖和箕子眼裡，一定很讓他們慌張，箕子才會病得要死還在爲他想法子、胡袖才會跪得那麼乾脆。

箕子哈哈大笑：「小狐狸，你還沒認清自己一無所有麼？妄想著挺直腰桿，漂亮贏得勝利？笑死人了。」

胡理握緊十指，但他不服氣又能如何？胡袖說得對，箕子既然爲他求來機會，他就要好好地利用到底。

胡理再張開眼，已不見剛才的慌亂。

「這位仙士，敢問大名？」

對方昂起箕子的臉：「貧道單名『雞』。」

「箕道長，想必您已有定見。」

箕道長只是漫不經心挑玩箕子的頭髮，愛理不理。

「聽聞您老人家身子微恙，不辭千里遠道而來，青丘是否有您所欲的寶物？」胡理雖然恭敬做出拜禮，卻抬起一雙勾魂的眼。

以胡理過往和強者交手的經驗，卑躬屈膝通常只會自取其辱。與其說「阿公，求求你不要傷害我家人……」不如向對方談判：「申家敢再動我家人和華中街一根寒毛，我會把你們的惡行揭發給政敵……不怕？外公，你不想選總統了嗎？」

小孩子總是天眞可愛，但胡理七歲就會跟政壇大老耍心計。只是這幾年都在海中打滾，連要找個嫉恨他使壞的競爭對手都沒有，老師都會剔除他來算平均成績。環境太安逸，心智會退步，所以這些日子胡理栽了好幾次。

胡理重新拾起和申家諜對諜的狀態，來向披著箕子外皮的神祕道長交涉。

「是狐仙賜與的榮華富貴？還是九尾大狐代表的長生不死？來，請儘管吩咐。」胡理左手搭著胸口，好像只要對方開口，就能掏出心來。

「眞令人動心吶，可惜我要的你給不起。」

「是嗎？」胡理不氣餒，只是信步往箕道長走近，張開雙臂，抱緊這個他熟悉不過的少年，雙脣貼在箕道長耳畔輕語：「他在夢中也不停求著：『師父，幫幫我……』你並沒有你表現出來的複雜，事情很單純，受你垂憐的孩子落到我的手上，所以你不得不來幫他。」

箕道長笑著嘆氣：「所以說，不要收徒多省事。」

胡理鬆下緊繃的肩膀，對方這麼說，間接表示他會出手相助。

「哥？」胡袖抱膝坐在一旁，不明白事件的演變，只知道她哥話說一說就跟箕子抱在一塊。

胡理向妹妹簡單說明：「箕子他師父願意幫我們了。」

「耶，謝謝箕子哥的師父！」

箕道長還是維持一貫的微笑，胡理心頭一動，不知道對方這小小的測試是否與解決大霧的問題有其關聯。

「小狐狸，地圖。」

胡理攤開牛皮地圖，青丘之國依山傍海，位於大陸諸國最優越的地理位置，不缺水，農產自足。

「小狐狸，你看見什麼？」

「宮城。」

「還有呢？」

「國境。」

「還有呢？」

胡理頓下，倒是胡袖朗朗代答：「有鳥有魚，很多好吃的東西！」

「很好。」箕道長微笑讚許胡袖，胡袖低下頭給他摸摸當獎勵，非常乖巧。「小狐狸，妖世之大，並非只有狐族，離這裡最近的部族是誰？」

「羽族。」

「比起在地上討生活的獸族，霧氣對鳥兒影響更大，不是麼？」

鯤霧並非針對狐之國，而是無差別攻擊。論起霧害，對生活仰賴飛行的羽族影響更甚，卻不見他們有什麼失常的作爲，可見羽族一定有驅散大霧的祕方。
胡理明白道長的意思，可是這個提示卻讓他倍感爲難。
「我的身分不適合與外族合作。」
「半妖，一半是人，一半是妖，可以做的很少，也可以做的很多。」
胡理心頭興起一股異樣，雖然箕道長嘴上指責他軟弱，他卻從中得到某種對他混血身分的肯定。
「道長說的是，但狐族與羽族有宿怨，我們一來就遭受他們的突襲，禮尚往來，我們也烤了他們同伴的屍身來補充三餐蛋白質。成見已深，又要如何求得敵國的援助？」
「我問你，你來是爲了什麼？」
胡理就像腦袋被敲了一棒，他一心只想當上狐狸王，卻忘了狐王的工作不只治理狐狸。
「他常誇你聰明，看來也沒多聰明。」
胡理不否認，只是對箕道長拜了拜，受教了。
他是青丘宗主的候選人之一，當然有本錢去跟諸國談條件；會想否認這個辦法，只是害怕看別人的臉色，想要保護沒幾兩錢的自尊心。
「是，我錯了，請問有無最短時間與他族元首對談的方法？」
大概胡理終於問對問題的關係，箕道長露出笑。與其煩惱會不會被討厭、被拒絕，更重要的是如何達成目標和考慮談判須要耗費的時間；而胡理最不能浪費的就是時間。

「有的。」箕道長比向自己。

「你是說箕子？」

「你對他的才能有何了解？」

胡理對箕子的壞習慣和弱點清楚不過，但箕子對他藏了又藏的特異功能，胡理從未眞正理解。誰教每次想到箕子瞞著他去當道士，他就臭臉以對。

「他說他是上古巫師的後裔，可以讓另一個世界的神祇降駕在他身上。」

「你對遠古時代有什麼想像？」

「聽說人和妖都一起生活，無分貴賤。」

「並不完全正確，人類留下記載妖族的經典，而當時記錄的成本高昂，只有君主和神祇能列入圖文的史載。你可以發現，越是古老的神祇，形象越是古怪，三頭六臂、尖角長尾，不像人，倒像是……」

「妖怪。」胡理代答，「也就是說，現在的妖，過去被視爲世間的神。」

「人命短，妖壽長，曾經被視爲神的大妖，還未成爲歷史。」箕道長就說到這裡，剩下的留給小狐狸去參透。

胡理謹愼地確認：「箕子能召喚出與上古神祇同樣地位的大妖怪？」

箕道長揚起唇。

受到微小的肯定，胡理不覺得高興，反而覺得自己眞的弱爆了。

箕道長可以一開始就告訴胡理：「叫箕子召喚大妖來談判。」他卻繞了一大圈循循善誘，藉機補上胡理不熟的妖世背景，間接告訴他：召來的大妖不是可以平起平坐的對象，地位高於國君。

「接下來搶答，鳥兒們的大共主叫什麼？」箕道長從袖口抽出一杯不該出現在異世界的布丁。

「我、我！」胡袖興奮地舉起手。

「啊？」胡理還在反省，箕道長已換上另一種教法。

「這位可愛的馬尾小姑娘，請回答！」

「我爸比有說過，最厲害的大鳥叫作鳳凰！」

「正確答案，請上來領賞。」

胡袖過去讓箕道長摸摸頭，然後興高采烈地拿著點心回來。

「哥哥，你看是布丁耶，還是草莓口味的喔！」

「呃……有沒有跟道長說謝謝？」

「謝謝雞雞道長！」胡袖用力點頭道謝。

箕道長堆滿笑，慈祥又和藹。

胡理心想，箕子師父好像只對他很兇，該不會是因爲他不夠可愛？

「小姑娘，想不想看鳳凰？」

「想！」

胡理還沒做好心理準備，爲狐族和羽族的國際對談擬個草稿什麼的，箕道長就向天際發出長嘯。草原迴盪悠揚的嘯音，久久不歇。

就像回應嘯音般，不一會，東方旋起大風，幾乎把胡理吹倒在地。好在胡袖及時抽出長槍插入草地，把自己和自己抱緊的胡理固定在地面上，不然胡理就要被大風吹去當風箏了。

箕道長好整以暇地在大風中吟哦：「鳳兮鳳兮！何德之衰？往者不可諫，來者猶可追。」

待風勢將草原的霧氣吹散開來，可以清楚望見七彩斑斕的大鳥從高空翩然降臨，停駐在他們上空，帶著火焰的巨大羽翼優雅揮舞。

「哥哥，好大的鳥喔！」胡袖感動說道。

「嗯。」胡理也只能目不轉睛看著這般神蹟。

「做成炸腿排一定很大塊。」胡袖嚥了嚥口水。

「噓。」

胡理還在思索該怎麼向鳳凰啓齒，箕道長倒是先開口了。

「煉華閣下，好久不見。」箕道長露出招呼老朋友的笑容。

「天師大人，身子可安好？」鳳凰張開嘴，發出女子柔和的嗓音。

「過得去，還能來妖界玩玩。」

「『水源』的事，多虧你出手相助。有任何需要的地方，請儘管吩咐。」

「區區小事，不足掛齒。這回叨擾妳，也是和『水』有些關係。妖界的生態環境今非昔比，就連最是與世無爭的諸藥之國也不敵污染。」

箕道長這番話說中鳳凰的隱憂，她不禁吐出一記嘆息的火圈。

鳳凰沮喪地說：「我曾想過求助熟悉化學物質的人類學者，但族民對人類相當反感，好像只要放一個人類進來，就會失去整個世界。」

「殿下，妳族人的擔心並沒有錯，陸某一個人就能統治妖世。亮我的名號出來，嚇死那些沒膽鳥。」

鳳凰發出嘎嘎的輕鳴，似乎是被逗樂的笑聲。

「煉華閣下，眼下就有一個絕頂的好機會，妳應該聽說了青丘宗主遴選。」

鳳凰頷首：「聽說了。」

箕道長拉過胡理，把人推向大鳥視線的焦點。

「這是……半妖？」

「是的，狐狸選大王，竟然破天荒推了半妖出來。這就是你們神鳥除了毛茸茸尾巴，第二個比不上狐狸的地方。這孩子，日後定能開創妖界的新時代。」

胡理不可置信，箕道長上一刻還把他嫌成爛泥，現在又把他誇成天頂的新星，該不會其實箕子師父很中意他嗎？

鳳凰輕聲問道：「小白狐，你要當王嗎？」

「是，我要當王！」胡理盡量讓聲音聽起來可靠而成熟。「我們隊伍受困霧中，如能得大人幫助……不，已經得了幫助，胡理在此謝過，日後定會報答這份恩情。」

鳳凰沉吟好一會，開口不是提條件，而是問：「你會跳舞嗎？」

胡理怔了下，老實承認：「不太會。」

「果然是半妖。」

胡理不忍心讓長輩失望，又說：「但我有蓬鬆的毛尾巴，您瞧瞧。」

胡理不計形象，轉身掀起白長袍，露出一條白雪毛尾，討好似地搖擺兩下。

鳳凰發出嘎嘎聲，像是笑。

胡理從鳳凰笑聲感覺到溫柔和寂寥，和宗主大人有點像。

「小白狐，你很像人，我喜歡人性的體貼，很喜歡。」

鳳凰的話讓擅自以爲妖怪就討厭人類的胡理感到羞愧。原來妖怪也會欣賞人，他卻只會找藉口否定自己的人性。

「大鳥姊姊，我哥哥眞的是很好的人喔！」胡袖來到青丘宰了那麼多要吃狐狸肉的壞鳥，第一次遇見喜歡的鳥，很大隻又很漂亮。

鳳凰搖動尾羽，一片七彩碎羽剛好落到胡袖手上。

「請問這是？」胡理代替猛眨眼的胡袖詢問。胡袖很喜歡某個東西的時候，就會忘記怎麼說話。

「送她的，她可以裝飾在箭尾上。」

胡袖突然大吼：「大鳥姊姊，我不能收！」

「爲什麼？」

「我殺了很多鳥，我不能收！」

「兩族交戰，傷亡難免。」鳳凰一語揭過小輩們的紛爭。「以這爲箭羽，箭會自動避開羽族，而他們感受到我的氣息，就會息戰撤退。我知道妳是隊伍中的弓手，才會送妳尾羽，希望兩族開打前，能停下不必要的殺伐。」

胡袖怔怔地點頭，她以前只知道打倒敵人，不知道原來還有拜託敵人保護自己人的做法。

胡理提醒一聲：「小袖，謝謝鳳凰大人。」

「謝謝大鳥姊姊。」胡袖寶貝地把鳥羽捧在胸前。

鳳凰凝視這對小狐兄妹，想起母親曾向她說過的胡家姊弟。不知不覺，千年已逝。

「不過話說回來，大鳥姊姊，妳這樣子定期爲小輩清理空污，也太費力了。」箕道長老不正經叫起綽號來，鳳凰卻很習慣他胡言亂語的樣子。

鳳凰昂起鳥首：「你有根治的法子？」

「有啊，等小狐狸比完賽再跟龍王說說，叫他把大魚趕個方向，別老往陸地噴霧。雖然成分是過濾的海水，但也怪噁心的。」

「就這樣？」

「就這樣。」

鳳凰盯著箕道長好一會，再嘆口氣。他們妖族煩惱百年的難事，這人三言兩語間就破解開來。

「那個……」胡理鼓起勇氣介入長輩們的談話。「不好意思，我認爲治療鯤這種魚類的過敏症，或是去除環境中的過敏原，才算是根治問題。」

箕道長笑著問道：「怎麼做？」

「首先要了解鯤的生理構造，調查過敏形成的原因，和人類的差異在什麼地方，找出合適的治療方法；若推斷過敏原為化學污染物造成，則建立環境偵測系統，找出物質品項和濃度，研究特定污染物和過敏的關聯性。」

「要多久？」

「道長，鯤這種魚，能表達意念嗎？」

「能，他們生氣時，還能變成大鳥飛起來。」

「那不會太久。等我當上宗主，必定著手進行，百年能見功效。」

胡理一口氣說完，才想到他竟然當著前輩的面否定對方答案，會不會太嗆了？箕道長還是笑咪咪的，看來不怎麼生氣，胡理才鬆口氣。

「我很期待。在此之前，青丘的霧就由我來清除。」鳳凰接受這個提案，百年對她來說不會太長。

「鳳凰大人，感激不盡！」胡理朝天上深深一鞠躬。

「那也要他當上大君再說。」箕道長又潑了胡理一盆冷水。

「抱歉，我以為勝負已定——您不是在這裡了嗎？」

如同千年前的傳奇，風華絕代的白裳佳人與人間的青袍道士，攜手開創青丘之國的盛世。

「天師大人，你走這趟，是為了彌補當年的遺憾嗎？」

「大鳥姊姊，妳說什麼？我聽不懂。」箕道長做出年長者耳背的樣子。

「抱歉，是我冒犯了。」

「我知道妳沒有惡意，換作別人，我早就砍成兩半。」箕道長咧開威嚇的白牙，像是玩笑話又像認眞不過的實話。

鳳凰明白箕道長的意思了，也不再多言告訴他：胡宗主一心在等某個人。

「族內多事，恕我先行告辭。天師大人、小白狐、小紅狐，保重。」

「大鳥姊姊再見！」胡袖大喊。

鳳凰展翅，翺翔離去。

箕道長說，算算時間，他差不多要從手術房被推出來了。魂魄沒回去，醫院可能免不了一樁醫療糾紛。

「箕道長。」胡理叫住對方。

「我暫時無法把笨蛋徒弟帶走，你兄妹倆可要看好他。」

胡袖連著點頭，胡理欲言又止，想問是什麼手術，但從剛才箕道長和鳳凰的對話看來，他並不喜歡被打探私事。

箕道長看著胡理，神情溫和而愼重。

「小狐狸，將死之人，最害怕的就是失去。自古不乏開世的明君，守成的仁君少之少矣。你要知道，那一位願意賭你這一把，有多勇敢。」

「道長，你是不是認識宗主大人……」

胡理來不及追問，箕子突然無預警倒下。胡袖箭步上前，及時扶住箕子。

好一會，箕子才幽幽轉醒。

「我睡了多久……嗯……霧散了啊……」

視野大開，日光又回到他們所在的廣闊草原，箕子迷糊望著天上呼嘯而過的鳳凰，一時間分不清這是奇幻的夢還是奇幻世界的現實。

「箕子，你幫了大忙。」

「太好了……」

箕子安心閉上眼，帶著眼底那座閃動青玉光澤的宮城，進入夢鄉。

第七章　如夢似幻

狐女問道士，如何成爲王者？

道士說：先攘外，後安內，宰了所有競爭對手，王位就是阿璃姑娘的。

「請問道長，我們要如何說服外族停戰？」胡璃低首再問。

陸璣從袍袖掏出合手大的火玉盤，說是給有孕的鳳主烘蛋；又拿出一只冰晶鞋，還給思女心切的龍后娘娘。

如果天上和海底兩大共主高興了，願意停戰，就能換得狐國一個喘息的機會。到時姊弟倆再以英雄之姿歸國，殘存的狐狸感謝都來不及了，只剩下想撿便宜的壞狐狸反對，再來打倒壞狐狸就好了。

「陸兄，你哪來的寶物？」胡琇被稀世珍寶吸住眼光，想要拿來玩玩，被胡璃瞪視才收手。

「家裡人留的。」陸璣垂眸笑道，胡璃聽見他提起「家」，忍不住多看他一眼。她好不容易才了解這個人過去經歷了什麼，卻仍是對他的出身一無所知。

「陸兄，原來你是有錢人家的少爺啊！」胡琇逮到機會，清了清喉嚨。「剛好，我美麗的姊姊還沒嫁人吶！」

胡璃故意不理會弟弟的胡鬧，只是埋頭收好陸璣所贈的寶物。

「阿璃姑娘，還有。」陸璣拿出一只白玉手鐲，沒有精刻的紋樣還有些舊，比起剛才的寶物，稍嫌平淡。

「這又是要獻給何族？」胡璃伸出手來。

「顏色適合妳。」陸璣將玉鐲順勢套入胡璃左腕，胡璃感覺到玉鐲傳來一股暖意。

「這是做什麼？我爲什麼要收你的禮物？」胡璃的聲調高亢起來，不難看出她不好意思了。

「妳戴著好看。」

「你又不是酒客，何必討我歡心？」

「姊姊，妳就高興收下嘛，別鬧彆扭了。」

胡琇好意勸說，卻讓胡璃更不願意收，動手就要拔下。

陸璣又說：「這是我母親的陪嫁。」

胡璃停下動作，胡琇大樂。而不管胡琇怎麼鬧，胡璃都沒有罵人，低垂的漂亮臉蛋紅得都快滴出血來。

人類重義理，會把母親的嫁妝送給她，應該是喜歡對吧？

陸璣，你喜歡阿璃對吧？

胡璃忍耐到夜深，才端著藥湯來到陸璣房中，想向某人確認心意。沒想到她進房卻看見道長抱著紅毛狐狸，甜蜜蜜地睡在一塊，好像丈夫被外面的小賤人搶了一樣。

胡璃動手揪住紅狐耳朵，胡琇嗷嗷變回人身。

胡琇光著身子，辯稱他從小沒老爸，溫柔的陸兄塡補了他幼年失怙的缺憾，還有給陸兄抓背眞的好舒服。

「出去。」

「姊，我眞的不能來跟妳和姊夫擠一床睡？」

「我什麼時候跟他睡了？出去！」

胡琇拉著耳朵，喪氣離開。胡璃氣呼呼坐上床頭，而最可惡的事主抓著被子，露出一雙狡黠的眼，瞧著胡璃悶笑。

「別笑了，我給你擦藥，身子會暖和一些。」

「不用勞煩，讓我抱著毛狐狸睡覺即可。」

就算陸璣回絕胡璃的好意，胡璃還是像過往的每個夜晚，細手爲他解開襯衣，用藥湯擦洗身子。

陸璣那張圓臉以下，沒有一塊皮膚完好，傷痕累累。是因爲鬼國的戰爭？還是人類皇帝的殘暴惡行？胡璃無法想像他是如何把自己傷成這副德性。

胡璃撫摸著這些深至骨肉的創傷，不願承認她心疼得快要發瘋。

陸璣背著胡璃拉起衣袍，沙啞出聲：「阿璃姑娘，好了。」

胡璃咬緊牙關：「我有法子讓你暫時止痛，你不必多想，就當作是點姑娘助興。」

「可怎麼辦呢？我無法當妳是酒妓。」

「那你當我是什麼？」胡璃終於把心底話問出口，感覺心肉快要把胸口撞出窟窿。「你總是在笑，可我越看你越覺得你痛苦，我想讓你快樂。陸璣，我對你……」

胡璃沒能把她深埋的情感傾洩出來，因爲陸璣反身握住她戴著玉鐲的左腕。

「阿璃，遇見妳就是我這一生最開心的事。」

胡璃忍不住流出淚來。她以爲生命只有磨難和苦痛，沒想到還有這麼幸運的好事，就像一場美夢，高興又不住感到惶恐。

陸璣抹去她臉上的淚水，憐惜地吻了吻她輕顫的脣瓣。胡璃再也忍受不住，大口反咬回去，恨不得把這男人吞食入腹。

隔天胡琇起來找飯吃，姊姊房裡沒人，就去姊夫房裡找。

他探頭進去，晨光隨著他掀起的門簾透入，看見裸著肩頭的道士抱著雪白的狐狸，一人一狐睡得很沉，說意外，卻又自然不過。

胡琇抓抓頭：「還是睡在一塊了嘛！」

♛

第十五天，胡理一行人來到高聳而緊閉的城門下，抵達都城。

這些日子，箕子手腳無力的症狀慢慢好轉過來，似乎因爲先前自己生病對胡理感到抱歉，什麼事都吵著要幫忙，太過努力的結果就是被胡理嫌煩。

胡袖則是纏著箕子講他師父的事，箕子不疑有他，把他拜師到前些日子師徒吵架的事，一五一十都跟胡袖講。講完還很高興胡袖願意多了解他的生活，殊不知醉翁之意不在酒。

「如果我們遇到困難，箕子哥的師父能多多過來幫哥哥就好了。」胡袖見到鳳凰之後，笑著說下次想要龍王的鱗片。

胡理以爲箕子又會任由胡袖予取予求，沒想到箕子堅定拒絕了胡袖甜美的要求。

「袖袖，師父他老人家不方便出院……出門，我們還是自己努力看看好了。」

胡理聽了，默默在心中爲箕子讚聲。

胡袖看起來好失望，箕子又輕聲細語哄著得寸進尺的小袖妹妹。

「而且我們現在已經很接近都城，不像郊野可以探得別族的氣息。我現在能召出的大妖，十之八九是修爲上乘的九尾大狐。如果不是你們家的宗主婆婆，而是他姓的大狐狸，妳和阿理不就正好落入敵人手中？」

箕子說完，胡理腦中有個念頭一閃即逝。

「話說回來，阿理，怎麼讓城門放下來？」箕子看著長滿藤蔓的黑鐵大門，不像有紅外線自動感應的裝置，城牆上也沒看見負責開門的守衛。

他們站立的地方和城門之間隔了一道護城河，河水呈墨綠色，不知道底下有什麼會吃小孩的怪物。

「我爸說過，城門只有慶典時才會開啓，平常由狐各憑本事進去。」

「那你爸怎麼做？」

「他出外闖蕩江湖的時候，人類已經發明火藥。」胡理從背包拿出長筒狀附帶引線的不明物體。

「阿理，你要幹嘛？冷靜點，這裡是你未來的公司啊！」

胡理點燃引線，將火筒往城門扔去，砰的一聲，綻開彩花。

放完炮，他爸就會得意洋洋大喊：快開門，胡笑大爺回來了！

「請開門，小理子和小袖兒回來了。」胡理客氣地向城門行禮。

等了好一會，鐵城門仍是文風不動，氣氛很尷尬。

胡袖看胡理忙完，才補上一句：「哥，阿麗說過，以前都是秦阿姨好心幫爸比開門。」

原來如此，秦大族長不在城中，也就沒有溫柔美麗的青梅竹馬當內應。

「那隻死老狐狸。」胡理心中大紅狐狸絢爛登場的形象完全幻滅，好想立刻回家揍他爸出氣。

「爸比就是喜歡耍哥哥玩。」

胡理不想聽見混蛋父親的任何事，氣過之後又會眼眶發熱。

「阿理。」箕子盯著城門，眼神有些困惑。

「怎麼了？」

「你剛才那一炸，好像炸出某種術法。這座城有古怪。」

就在箕子說完的同時，巨大鐵城門突然落下，砰的一聲，在他們面前重聲落地，揚起一片煙塵。

「小心，第二階段的試煉開始了。」

胡袖抽起長槍，率先跳上城門搭成的鐵橋，奮勇向前，就算城裡潛藏吃狐狸的巨龍，她也沒在怕的。

「小袖，不要衝太快。」胡理才要邁開長腿跟上去，被箕子拉住手。

「阿理，很奇怪。」

胡理正想問哪裡奇怪，腳下又是一震。本該厚實堅硬的鐵橋突然鏽化崩解，胡理無法多想，趕緊去追已經過橋的妹妹，箕子卻抓著他不放。

「小袖、小袖！」胡理大喊，奈何已經看不見妹妹的身影。

「阿理，你必須冷靜下來，這是一個……」

「我怎麼冷靜得了！」

這時，抓著胡理的力道消失，胡理差點撲倒在地。他回頭，箕子不見了。

胡理給自己呼了一記巴掌，他竟然犯了這麼基本的失誤。

沒能管控好胡袖是一點，出狀況就自亂陣腳又是一大敗筆。

他再往前看去，鐵橋完好如初。胡理深吸口氣，這回只剩下他獨自進城。

胡理拂開垂掛在城門口的綠藤，聞見食物的香氣，習慣性往右手方望去。才剛點亮燈火的舊社區，兩排三樓高的公寓，一樓是小吃店面；就像他高中三年放學回家看慣的景色。

胡理踟躕一會，還是走了過去，原本空無一人的街上慢慢浮現出熟悉的街坊鄰居。

「小理，回來啦！」

「伯伯、阿姨，我回來了。」胡理明知不是真的，還是下意識應聲，甚至比往常更加溫柔。就算是假象，卻也忍不住想念。

胡理走到街尾的雞排攤前，看著肩披著毛巾的中年大叔忙進忙出備料。

「爸。」

「哦。」雞排攤老闆沒有抬起頭。

「小袖在裡頭嗎？」

「不知道，自己去找。」

胡理很希望父親能放下工作看看他，但也知道這是不可能的事。他爸不是別人，真讓他看見臉，只要有些許的差異，他就會看破真假。然而幻術必須藏起仿不了的真正細處，才能維持夢境。

胡理進屋，希望能找到走失的妹妹，然而樓上卻走下一個不屬於這個家的女人。

「焦嬌姊姊？」

蕉蕉頭髮用鯊魚夾固定在頸後，穿著亮黃色的連身裙，捧著突起的肚子下樓，慢悠悠走來胡理面前。

「你回來啦。」

胡理戰戰兢兢，總覺得問她「這是誰的孩子」會立刻被宰掉。

「請問，我妹妹和我朋友在這裡嗎？」

「不知道。」

看來夢境的人物無法透露本人所知以外的訊息。

胡理換個方式問：「焦嬌姊姊，狐妖的能力是什麼？」

「狐妖是世上最難抓的妖怪，兩大技能就是幻術和媚術。」

「要如何解開幻術？」

蕉蕉微笑張開脣，聲音和先前胡理找她幫忙、她那些好意的提醒重合起來。

「要破幻象，必須說出眞實。」

「謝謝妳，一直以來，都很感謝。」

「小狐狸，你太有禮貌這一點，對我而言特別可愛。」

胡理任由蕉蕉給他摸頭，再抬起頭，給帥氣的女警一抹笑。

「雖然妳不是眞的，還是很謝謝。」

蕉蕉停止動作，笑容還留在她的圓臉上，然後在胡理眼前化成鮮黃的花瓣，拂過胡理臉頰。

胡理再睁開眼，不在城中，而是站在一開始的鐵橋上，回到原點。

胡理抓著額髮思索，一定有某個環節弄錯了，箕子看出了問題，可惜他沒能聽完箕子的提點。

——阿理，這座城有古怪。

對了，早在那時候就該停下腳步，不應該踏上鐵橋。

胡理閉上眼，倒退離開鐵橋，然後說出真實。

「這裡不是青丘都城。」

地面大震，等震動停止，胡理張眼再看，青玉城牆化作荒煙蔓草的廢墟。

「這裡曾經是。」身後響起冷傲的嗓音，「千年前毀滅的青丘古城。」

胡理回頭，發現始終抓著自己的箕子。

箕子冷淡看著他，眼神斥責胡理輕率造成的結果。

「如果這不是遴選而是敵人的陷阱，你要如何對你的士兵和子民負責？」

胡理喉頭「啊啊」兩聲，怎麼也發不出像樣的句子，一股腦往箕子貼近，想要看清楚一些。

「是妳嗎？眞的是妳？」

「箕子」按著自己胸口：「他急著救你們兄妹出來，賭上被奪舍的風險，召喚最近的大狐，祈求一線生機，我才會來到這裡，並不是給你這蠢崽子放水……」

「老宗婆！」

胡理撲抱住宗主大人附身的箕子，以爲自己還沒從夢中醒來。

宗主睨著眼，看胡理把滿腔思念用磨蹭身子的方式傾洩而出，還以爲自己是夢中那隻蓬鬆的小白狐。

她千挑萬選出新生代最聰慧的新星，結果怎麼看都是個笨蛋。

♛

秦麗一行人到達城郭，已是凌晨時分。

秦麗被兩個阿姨叫醒，揉著惺忪的眼，迷茫看著他此行的目的地。最近怎麼總覺得有人抱著他趕路？睡一睡就到了？

「大雁姊、小燕姊，我們要怎麼進去？」這些日子，秦麗學會了禮貌，也記起兩位傍身大姊的名字，比起過去養尊處優的生活進步許多。

「少主以前怎麼入城？」

「媽咪抱的。」

「哦。」果然。

「還有一次，是我姊姊帶我進去……」秦麗歪頭想了想，然後大叫一聲。「我想起來了，她說城門是假的，看見的都是假的。」

「聰明。」秦落雁誇的是不幸早逝的秦艷大小姐。

幻術是青丘城的第一道防護網，城中有許多祕道和陣法只有宗主和宗主的心腹才知道。秦艷小小年紀卻能破解青丘城第一道「城牆」，足見其才智過人，要是秦艷還活著，絕不會輸給胡家的小子。

黃蝶停在秦麗頭上，動也不動，似乎察覺到事有蹊蹺。

兩扇紅漆的城門開啓，有人拎著紙燈走來。那人一抬手，城牆垂掛的綠蔓自動往護城河的彼端延伸過去，交疊搭載成一座綠橋。

對方慢步走近，燈光照出她纖細小巧的雙足，輕便的牛仔短褲配上花俏的襯衫，胸前披散著金色長髮，睨著一雙紫晶色的大眼睛。

秦家兩位大姊不記得國內有這麼一隻美少女狐狸，秦麗卻一眼認出「她」是誰。

「姊姊！」

秦落雁和秦飛燕合力去抓秦麗，秦麗卻變身爲金毛小狐，躲過她們手爪、跳上綠橋，全力奔向金髮美少女。

這下子完了，幻術的強弱因人而異，對亡者的思念越深，幻術的強度越大。枉費秦大娘挑選秦麗傍身的時候，特別避開曾經痛失所愛的姊妹，怕會過不了幻術的關卡。

她們卻忘了秦麗自幼喪親，失去長年依賴的長姊，一直沒能從傷痛走出來。

兩狐盯著綠橋上形象異常鮮明的少女，看來秦麗對秦艷的感情足以把所有人拖入他的迷夢當中。

「大娘，這該如何是好？」她們低聲請示秦媚所化的黃蝶。

秦媚嘆道：「別說阿麗，這關連我也過不了。」

秦媚無法從虛幻的少女身上別開視線，原來她的寶貝愛女平安長大會是這個模樣，逼眞得就像是活物。

「姊姊、姊姊！」

秦麗就要觸碰到分開多年的長姊，秦艷突然一個下蹲，橫腿掃倒秦麗，害得秦麗正面撲倒在橋上。

「妳幹嘛啊？」秦麗灰頭土臉抬起頭，淚眼控訴長姊的暴行。

「眞是的，以爲我不在這些年你會有點長進。結果呢？成事不足敗事有餘，原本我們有機會領先，又被你的笨腦袋拖住後腿！」

「什麼意思？」秦麗哽咽地問。

秦艷扠著腰，盛氣凌人地數落秦麗：「笨蛋，這是假的啊，全都是假的，眞的宮城在另一頭。你們只要重新對照天上星子的方位，就知道眞的青丘城在東方二十里外。趁現在天還沒亮，快點回頭！」

「可是妳就是姊姊啊，我不可能認錯。」

「因爲這裡是古戰場啊，阿麗。」

「什麼意思？」

「你很笨耶，犬塚就是埋了狗的骨頭陰魂不散，同理可證，死了很多狐狸的戰場也特別容易召來無法瞑目的死狐狸。我與你心中的幻象重合爲一，除了『存在』這個前提，你眼前的我算是眞的。」

秦麗雙脣微張，保持這個呆滯的表情好一會。秦艷按住額頭，就知道她家笨小弟聽不懂，可秦麗的傻臉著實觸動她心頭的軟處。

「我不在，秦家的期望全落到你身上，這些年來你一定過得很辛苦。」秦艷伸手摸摸秦麗的頭。

「姊，我好想妳，妳有沒有想我？」

「笨蛋，當然很想啦，你、媽咪和叔叔，還有所有秦家的阿姨。」秦艷閉了閉眼，逝者已逝，追憶已成枉然。「但是我在這裡，並不是爲了重逢，而是來告別。」

「什麼意思？」

當初秦艷病得又急又重，發現時已經回天乏術。秦家的狐要秦媚去求宗主，可嘆已經把一尾賜給胡家長子的宗主大人無法再割去一尾來救秦艷性命。秦媚只能無助看著愛女在病床上顫抖抽搐，直到冰冷僵硬。

秦艷輕嘆：「我知道在我死後秦家上下一定會怨宗主見死不救，也不免遷怒到胡家公子身上。閒來無事就想著：『我們付出這麼多，怎麼沒得到上天的垂憐？』」

「因爲胡理表哥，妳才會死掉。我有幫妳報仇，弄瞎他一隻眼睛。」

秦艷冷笑一聲：「那你痛快了嗎？」

秦麗忍著淚搖搖頭，他好幾天睡不著覺，也被胡袖討厭了。

「白痴，宗主大人怎麼可能知道我後來會生重病？她只不過忍不住用所剩無幾的壽命去疼惜她最喜歡的崽子。如果她錯了，全天下的母親也都錯了。」

「要是他當初選擇當狐狸，毛毛就不會被拋棄，妳也不會死了！不公平，一個外來的雜種竟然佔著姊姊的位子……」

「阿麗，我已經死了。」

秦麗不肯接受事實，只是低頭掉著淚。

「姊，妳放心，我一定會代替妳當上宗主！」

如果是夢，秦艷應該會爲秦麗露出讚許的笑容；秦艷卻沒有笑。

「你就是你啊，爲什麼要代替我？」

秦麗想了很久，才說出他長年來的想法。

「因爲媽媽比較喜歡姊姊，我想像姊姊一樣。」

「笨蛋。」

秦麗委屈嘛著脣，無法反駁。

「你笨就算了，媽媽和阿姨們也跟著你發傻。你可以像母親忠誠地執行任務，可你太需要安全感和認可。如果有一天，秦家和胡姓抱著他們的幼崽跟你討尾巴，你要怎麼救？你會被逼死的，你知不知道？」

「有媽咪在……媽媽會幫我……」

秦艷深深嘆口氣：「阿麗，你要是當上宗主，媽咪就不能跟叔叔生活了。」

「爲什麼？」

「當宗主婆婆的手下和當垂簾聽政的太后可是兩回事，她會累得沒有時間談戀愛。媽媽沒有叔叔寵著，孤單單一隻狐，你也無所謂嗎？」

秦麗從來沒想過這一點，以爲贏得遴選就能爲母親爭得榮耀，只有好處，不會有壞事。

「你想當王，只是希望媽媽能一直看著你罷了，小孩子就是小孩子。」

「不可以嗎？」

「不可以。」

「爲什麼？」

「永遠長不大，你覺得好嗎？你其實清楚明白，母親只有你了，所以她一定會爲你難受心疼，你才會幼稚而任性地活著，不想面對長大的苦澀。」

秦麗被秦艷咄咄逼人的質問逼得快要腦袋爆炸，不由得想起陳叔叔帶他出門兜風，那個大霧的早晨。

——阿麗，你媽媽很愛你。但是，她也需要你愛她。

——安可，我聽不懂。

——嗯，就像種花種菜，怎麼照顧都長不大。農夫會怎麼想？

——很失敗。

——就是說啊，你媽也這麼想她自己。

秦麗深吸口氣：「不對，姊姊妳錯了。」

聽見這話，秦艷的身影和她手中的紙燈一樣，隨風晃了下，剎那有些失真。

「我當王，是想讓母親感到驕傲。我是想要長大，才來當王。」

秦麗挺胸直視前方，也就看不見他身後的秦媚捂住嘴、泫然欲泣的樣子。

「哦？」

「而且我跟妳一樣，是金毛的，我當上王，大家就會記得秦麗的大姊是秦艷，不敢忘記妳。」

一直到秦麗說出心底話，秦艷才露出燦爛的笑容，像她的金髮一般明媚動人。

「阿麗，你長大了。」

「姊姊。」

「你要幫姊姊，照顧好媽媽。」

「嗯。」

「快走吧，不然我會忍不住把你和母親一起拖入幽冥。」

秦麗聽話轉身，走了兩步又回頭。秦艷不耐煩地在原處揮著手，趕他離開。

秦麗依依不捨走下綠橋，黃色小蝶迎面而來，撞上他臉龐。

秦麗隱約聞見母親的香氣，迷夢中不自覺消耗許多的他不支倒下，被溫柔的雙臂輕擁入懷。

兩位狐女不住喃喃：「這回眞是多虧阿艷小姐保佑。」

「她要是活著的話，一定……」

兩狐女不再說下去，跟上秦大族長的腳步。秦麗趴在母親背後，還不停唸著：「媽媽，妳看，是姊姊、姊姊……」

一直到城門上再也聽不見秦麗的叫喚，橋上的少女才捧起紙燈，吹熄火光。

「阿麗、母親，別過。」

少女與湮沒於歲月的古城，一起消逝於夜色。

♛

走過都是死狗的恐怖森林，鴉頭發誓這輩子絕對不會再踏入犬塚一步，瘋子才會選這種毫不存有美感的路線。

唯一值得慶幸的是，他們第一個來到青丘城下。

太過疲累的她，一不留心就觸動城外的保護網，落入幻境。

不過這對經常拿幻術愚弄人類的她不會太陌生，只有初始夢見胡理表哥單膝下跪跟她求婚，才稍微昏頭一下，很快就從幻覺掙脫出來。

鴉頭醒來的時候，毛嬙好整以暇地坐在自己身邊，手中抱著一個木盒子，看來根本沒打算幫忙叫醒自己。

「小毛，你怎麼沒睡著呀？」

「我沒有美夢。」

「眞不可愛。」鴉頭左右張望，隊伍是不是少了另一個美少女？「夜錦呢？」

「我叫她去找水潑醒妳。」

鴉頭會意過來：「你故意支開她。」

毛嬙笑而不回，只說麻煩皮小姐替他把風，他要施點小法術。

「什麼皮小姐？我們有那麼不熟嗎？」鴉頭頂著蕾絲傘起身，漫不經心地幫毛嬙布上結界。

毛嬙打開木盒，是一副狐狸頭骨。

「這什麼？」

「宗主大人的……抱歉，嚇著妳了，應該說是前任狐王的骸骨。」

「你是故意的，絕對是故意的。」青丘的狐都知道宗主病重，掛心她老人家能撐到什麼時候，毛嬙卻開這種惡劣的玩笑，讓鴉頭心裡很不舒服。

毛嬙像個惡作劇得逞的孩子，漾起可愛的笑容，將黑色的頭骨戴在頭上。

「你在做什麼？」

「藉由城池的防禦幻術，召來狐王的亡靈。」

「要做什麼？」

「聽說他被羽族圍殺，雙眼被搶食，皮毛被啄成如破布，鮮血流滿城河，戰況一定很慘烈。」毛嫱愉悅地說，想像著瘋狂的殺戮。

鴉頭感到一股寒意竄上腦門，一切都在毛嫱的算計之中。連狐王的頭骨都帶了，可見他早已算準遴選的試題，預謀埋下致命的陷阱。

「你要藉亡魂的眼，重現千年前的戰場？」

毛嫱幽幽笑著：「南柯夢不回，我要他們永遠醒不過來。」

第八章　歧路亡羊

胡家三兄妹在妖世奮鬥的時候，人間這邊也出了一點小麻煩。

大批警力包圍住華中街入口，聲稱裡頭藏匿通緝犯，須要地毯搜索，請各位善良老百姓配合警方調查，放下你們手中的菜刀和鍋鏟。

沒有人理會喊破喉嚨的警察局長，華中街的青壯年站在第一線，後頭是用手機拍照攝影的小朋友，最後是提著尿袋和點滴的老人家，暴民和員警僵持不下。

局長拿著廣播器，苦口婆心地對居民喊話：「請不要抵抗，我們沒有惡意，只是要抓一名有犯罪嫌疑的危險分子。」

華中街的死老百姓：「哦。」

華中街的惡民死不配合。這邊的鄰里危不危險他們很清楚，那群條子受誰的命令來找麻煩他們就不知道了。

警力搭起的人牆後方，停著一台黑頭轎車。

時至晚餐時間，華中街開始聚集買飯的人潮。警力不敵餓肚子的市井小民，客人們像是滿載的洪水突破包圍警網。

「來坐、來坐喔！」招呼聲此起彼落，壓下局長單薄的廣播聲。

生意為重，前線的暴民紛紛回到店裡工作，正當警方鬆口氣，第二波攻防才正要開始。食物的香氣擾動警員的心神，有如惡魔的耳語：放下手中冷掉的便當，來吃飯吧、來吃吧！

「兄弟們，雞排來了！」

「哦哦哦！」

前線防守的暴民開始吃三大犯罪食物之首——炸雞排，健康起見，配一杯古早味青草茶。

局長大人終於崩潰，廣播器發出歇斯底里的咆哮。

「胡笑，你快出來投案，不然這些反抗者都會因你入監！」

廣播發出尖銳的雜音，雞排攤的油鍋也炸得滋滋作響。

這時，街頭響起飆速的引擎聲響，甩尾轉進一台重型機車，突破警方包圍網，不偏不倚停在高級黑頭車的前頭。

重機騎士拿下安全帽，甩了甩那頭烏亮秀髮。

「眞是的，也不看一下這是誰的地盤啊？」蕉蕉抬起一雙窄裙黑絲襪美腿，俐落跳下機車，對同事們嘟起粉唇。

警員見到美麗的蕉蕉女警現身，不約而同退開三大步。

要死了，阿嬌回來了！

隸屬胡理大哥旗下的華中幫小朋友，崇拜大喊：「嬌嬌大姊！」

「焦警官，妳今天不是到北部出差嗎？」局長大人忘了拿下廣播器，大家都聽見他話中的抖音。

「因爲人家很想局長呀～」蕉蕉一邊甜膩撒嬌，一邊原地做起熱身運動，一個前踢、再一個旋踢，跆拳道黑帶。

局長抖了兩抖，看得頭頂所剩無幾的毛都要禿了。

蕉蕉笑咪咪往局長走去，警牆自動讓成兩半，像是摩西分紅海。

「局長之前不是要介紹對象給人家嗎？局長不知道吧？嬌嬌我呀，想嫁給醫生喔！我很怕另一半比我早死，所以對方不可以太老喔，從十八歲到十八歲。」

局長說：「這年齡限制也太小了吧？妳不是已經三十……」

蕉蕉一個強勁飛踢，局長應聲倒地。

「討厭啦，局長怎麼可以洩露女孩子的年齡，去死吧～」

局長被宰了，群龍無首，蕉蕉打了通電話，越級報告華中街的狀況。得了上司的口諭，叫大伙撤了，以後請吃飯。

等警方帶著昏死的局長散去，蕉蕉優雅地走到黑頭車旁，輕敲車窗。

「申老頭子，身體好嗎？什麼時候要死了呀？」

車窗伸出槍管，正對蕉蕉的笑臉。

「不要妨礙我……長生不老……」

蕉蕉看著老人混濁的雙眼，露出憐憫的神情。申家老頭子應該是不行了，只是不知道用什麼祕術強活至今。

「聽說你爲了活久一點，吃自己外孫的肝啊，眞是禽獸不如。」

「叫他們……把九尾狐交出來……不然我……殺了所有人陪葬……」

蕉蕉察覺到申老頭子話中的殺機，沉聲追問：「怎麼殺？」

申老爺乾癟的面容露出一抹扭曲的笑。

「殺了所有愛他的人……小理就會回到外公身邊了……呵呵呵……」

蕉蕉背脊竄上冷意。

「作夢。」

雞排攤夫人以一襲純白晚禮服現身，蕉蕉知道她行動不便，過去扶住胡夫人。胡夫人卻輕手推開蕉蕉，請她離開，越遠越好，留給他們父女談話的空間。

「我的愛女，妳來了……」

胡夫人冷情說道：「爸爸，你也有這麼一天。」

「當妳雙腿下誕出異種……妳就不再是人……」

「如果人類都是像你這種垃圾，那麼我情願不要當人。」

「嬈嬈，把小理給我吧……我很後悔……仙士說……要等他變回狐妖再吃才有效啊……」

「爸爸，我絕不會再讓你動我孩子一根寒毛。」

申老爺止不住嘶啞的笑：「妳和他……到死都是申家的子孫……就算妳把他藏到青丘去……也沒有用的……」

胡夫人凜下神色，就要拿出私藏的武器，玉石俱焚。

一聲狐嚎，打斷胡夫人的行動。

胡夫人眼神顫動，看著與華中街樓房齊高的紅毛巨狐，呼嘯來到她身邊，阻止她幹傻事。

紅毛大狐咬起整台黑轎車，跳上屋頂，穿梭於萬家燈火，一眨眼消失在眾人的視線裡。

「有狐狸耶……」

事情發生得太快，大家來不及拿起手機拍照，非常遺憾。

人性善忘，大約過了十分鐘，人們討論狐狸的熱潮退燒後，胡老闆大搖大擺從街尾出現。

蕉蕉問：「人呢？」

「拿去山上野放了，老婆，回家吧！」

胡夫人站在原地不動，腦中盤旋著父親殘酷的笑意。

「我不該，放過他……」

「眞是的，崽子都在青丘，那裡可是狐狸王國，一般人撒不了野。」

「老公……」胡夫人卸下冷傲的形象，流露出小兒女的柔弱。

胡老闆憐惜地摟緊他家夫人，不管街坊都在看，用滿是鬍碴的臉龐磨蹭愛妻的臉頰。

「不怕不怕，我回去給妳泡杯牛奶、揉揉腳，說帥狐狸冒險的故事給妳聽好嗎？」

胡夫人依偎在丈夫懷中，鬆下手中緊握的袖珍炸彈。

於是胡老闆橫抱起心愛的夫人，回到自家二樓。等他插著口袋下來，雞排攤已經擠滿排隊的客人和咧著白牙的蕉蕉女警。

胡老闆拿出從老婆身上搜來的違禁品，交給蕉蕉女警，請她幫忙把炸彈處理一下。

蕉蕉撇了下唇：「依焦氏門規，我們看到狐妖現身都得抓起來。」

「小妞，通融一下吧！」

蕉蕉捲了捲髮尾：「我在找合適的雙修伴侶，最好是十八歲立志當醫生的美少年。」

「嘿！」胡老闆和蕉蕉默契擊拳，達成賣兒子保命的協議。

胡老闆為了快點收攤回去陪老婆，不惜血本，向排隊的客人吆喝。

「雞排買一送一！」

客人們立刻轉怒為笑，貪小便宜自古以來就是人性不可分割的一部分。

「老闆，優惠到什麼時候？」

「快了，直到我家崽子凱旋歸來。」

♛

胡袖的志願就是當狐狸，也就是說，她並不是真正的狐狸。

宗主婆婆說她是母親當初生頭胎難產，體內殘餘妖氣凝化而成的肉胎，不是真正的狐，沒有靈能，最多只有超越常人的體魄。會因病變成狐，只能說是一場意外，可能因為她太想代替胡理受苦。

胡袖生來總是跟在胡理身後，亦步亦趨，像是她大哥的小尾巴。胡理笑她就跟著笑，睡前一定要哥哥抱一抱才肯入睡。

這樣幸福的日子在胡理去了申家之後，一切都變了調。申家搶走了她大哥的笑容。竟敢傷害她最愛的大哥，申家不可饒恕。

如果沒有宗主婆婆，胡袖不敢想像胡理會變成什麼模樣。比毛嬙還嚴重，還是會變得連人也不是？

大哥勸她不要太過執著於報仇，不然一定會傷害到誰，胡袖也不在乎。胡袖從來沒打算收斂她對申家的恨意，就算因此傷害到箕子也沒有收手。她明知胡理太想守著所有人才會落入申家的圈套，不是箕子的錯，但她還是利用箕子的負罪感，誘騙他帶她來青丘。

他們一路過關斬將，終於來到青丘城下，就要實現胡理的美夢。可胡袖大步踏入城門，見到的不是狐狸，而是人類的豪華宅院。

她一時有些恍惚，然後想起她的任務。對了，她是來救哥哥的。

哥哥說要去見外公，已經一整個星期沒回家，她好擔心。

她不再是那個年紀小只會哭著求爸爸救哥哥的小女娃，她提起長槍，風風火火和申家的守衛決一生死。

「說，我哥哥在哪裡！」

胡袖從顫抖的母家親戚逼出口供：「在地下室，不要殺我！」可她走去地下室的牢房，卻只看到一灘血。

她生氣地回到地面，砍掉其中一個舅舅的頭，把刀抵在其中一個表弟妹頸邊，再次質問胡理的消息。

可不管她怎麼屠殺中家的人，他們口中只有一個答案，一直到她身上沾染的血污開始發臭，橫躺的屍體長出滿地蛆蟲，她還是找不到年幼的胡理。

她聽見某個曾經來胡家道歉的舅媽崩潰大喊。

「住手、請住手，我們錯了，我們知道錯了，他已經死了，死了啊！」

胡袖又走下幽暗的牢房，被血色蒙蔽的雙眼這才看見囚房裡那雙胡理常穿的小皮鞋，在她視而不見的那灘血泊上，躺著一個小男孩，血肉模糊，面目全非。

錯了，那不是她哥哥，哥哥知道她來了，一定會抬起頭對她笑。

胡袖人身無法進入緊閉的囚室，只能變成一尾小紅狐，從鐵柵的空隙鑽進去。她踩過黏稠的血，過去蹭了蹭小男孩失去氣息的唇鼻，希望他能再溫暖起來。

「哥哥，不要哭，袖袖來救你了……」

可是小男孩動也不動，任憑胡袖怎麼哭求都沒有回應，再也不會回到她身邊了。

胡理靠著箕子做的白狐、紅狐、小雞小動物紙卡，在破敗的城牆下找到昏迷的胡袖。胡袖深陷幻境中，神情痛苦而糾結。

胡袖手腳蜷著一團，斗大的淚珠掉不停，無法從夢魘清醒。

胡理蹲下身子，把昏迷的胡袖抱在懷中。

「小袖，哥哥在這裡，不要怕。」

胡袖似乎有所感應，哭得沒那麼兇了，但還是昏睡不醒。

「老宗婆，怎麼辦？」

「放棄小袖兒，繼續走。」

胡理腦中不存在這個選項：「妳一定有法子救小袖。」

「你是來選宗主，不是當保母。人家選傍身是來幫忙，你家淨是些沒用的跟屁蟲。」

胡理冷不防撲進宗主懷中，嗲聲假哭不止：「婆婆，救救袖袖，小理子求妳了，呦嗚呦嗚！」

「要不要臉啊你！」

這世界最疼愛他的長輩就在他身邊，胡理怎麼可能會放過這麼一個撒嬌的好機會？反正胡袖和箕子都在作夢，看不見他裝嫩的情態。

宗主大人重重嘆氣，用清冷的嗓子指點迷津。

「你可以叫這個小道士連夢去叫醒小袖兒。」

「叫箕子叫小袖？」

宗主大人往自身點去，抽出一道青色的霧氣，胡理看見投射在霧氣的畫面，是箕子深眠的夢。

胡理定睛看去，夢的場景是國中學校。那時的箕子不像現在一百八，身高只到他胸前，常因爲太過嬌小，說話又輕聲細語，被同學笑話是娘娘腔。

這個夢境就是從箕子被嘲笑的場景開頭——

「小雞雞，你又要去隔壁班找狐狸王子了嗎？」

「還給我，那是我的東西！」

男同學們把一只花布袋當作傳接球互相拋玩，讓箕子著急地追著布袋跑來跑去，沒品地從箕子的窘態中取樂。

「你們看，裡面還有小紙條耶！」

「不准看！還給我！」箕子急得都要哭出來。

「『王子殿下，希望你能喜歡這些糖果。』哈哈哈，他叫胡理『王子殿下』耶！」

眾人哄堂大笑，箕子臉色慘白地站在原地發抖。

花布袋被當作垃圾扔下，七彩的糖果撒滿地。

「被你這種變態喜歡，好噁心喔！」

他們把地上的紙條和糖果踩一踩，捉弄完箕子後，相約去球場打球。

箕子蹲下來撿起糖果，眼淚一直掉。

「我詛咒你們去死……都去死一死……」

發洩完情緒，箕子抱著花布袋發呆，大概也知道惡有惡報只是弱小的自我安慰。

沒多久，外頭響起學生的大叫：「球場出事了！」

箕子揚起頭，以爲他的詛咒發揮功效。

報馬仔又帶來新消息：「胡理撞到頭、摔斷手，被抬去保健室！」

爲什麼啊——！

箕子去保健室探望胡理，裡頭太多人，他只敢在門口遠遠看著。

胡理躺在靠窗的病床上，明明那麼多人圍著，卻還是發現了外邊的箕子。

「箕子。」胡理柔聲喚道，而胡理床邊十多雙眼睛也一道望向他。「我沒事，你不用擔心。」

箕子手足無措，但還是鼓起勇氣走到胡理床邊。

胡理看出箕子心情不好，婉轉地請求：「箕子，你留下來陪我好不好？」

鐘聲響起，大家都回去教室，只剩下箕子。

等人都走了，箕子才敢發出蚊鳴的聲音：「你還好嗎？」

「不太好，右手沒辦法動。也不知道我怎麼會突然自摔，還跌得這麼慘？」

箕子低下頭，不敢承認是他烏鴉嘴帶衰胡理。

「很痛嗎？要不要去醫院？」箕子拿下小雞髮夾，小心避開胡理額頭的瘀青，幫他弄好額髮。

「是我拜託護理師不要送醫，去醫院就沒有全勤了，而且我爸媽也要工作，等放學我再去掛號。一般門診應該到六點，還能順便去參觀地區醫院。」

「爲什麼會想參觀醫院？」箕子體質敏感，每次到醫院都會想吐。

「因爲我想當醫生。」

箕子沒有夢想，聽見胡理自信說出未來的志願，覺得很了不起。

「我小時候受過很重的傷，是醫生把我從鬼門關救回來，我想要這種能創造奇蹟的工作。當然，薪水和社會地位也在考量之中。」

「可是，如果你要當手術室的外科醫生，一定會看見人死去，你不會害怕嗎？」箕子打從心底對死亡感到懼怖，沒想到日後他會跟著嬸婆跑白事，看遍一場又一場死事。

「可能因爲我……不太一樣，我會感到悲傷，但不會害怕。」

「你眞的好勇敢。」

胡理對這個評價露出一抹苦笑。

「阿理。」

「嗯？」

「我陪你去醫院好不好？」

胡理溫柔回應：「好啊，謝謝你。」

箕子害羞地垂下臉，忍不住扭著自己食指。

「我待人接物只是做出人們希望的回應，而你是發自內心去關懷。箕子，你是個擁有真心的人，我很喜歡。」

「沒、沒有，我一點也不好……」

胡理注意到箕子手中的花布袋，問他這是什麼。

「是我爸公司新進的貨，只是剛才掉在地上……有點髒……」

「哇，這些糖果看起來好可愛。」胡理沒有說破布袋上的鞋印，「箕子，我能不能帶回去給弟弟妹妹吃？」

「可以呀。」

胡理綻開笑，箕子忍不住用小指勾了勾耳後的頭髮，好開心。

畫面就停在這裡，夢境者認爲最幸福的時刻。

宗主大人質問：「這是什麼？」

胡理只能慶幸箕子心中最美好的時光不是他們玩狐狸尾巴捆綁play那段。

「老宗婆，如妳所見，我沒有交女朋友不是因爲我沒有魅力，而是我得照顧這個愛哭的男孩子。」

「你不用解釋了。」

宗主大人睨著箕子的眼，鄙視著胡理。心靈脆弱的男孩子在狐妖眼中等同香噴噴的雞腿，不去勾引兩下也難。

「你直接叫醒他，他沒有中幻術，只是睡了，應該認得出你。」

胡理依宗主的話，對箕子的夢境呼喚道：「箕子。」

「啊？」夢中的箕子抬起瓜子小臉，尋找聲音的來源。

「我是胡阿理，三年後的胡理。」

「三年後？」

箕子怔了怔，然後睜大眼，想起他已經十八歲的事，不再是哭哭啼啼的小弱雞。

「啊啊，對對對，我們中了城池的幻術。阿理，現在進度到哪裡了？」

「小袖被困住了，箕子，你能不能去小袖的夢叫醒她？」

「了解！」箕子從本該裝著糖果的花布袋掏出施術用的紙卡，用墨筆寫上小袖妹妹的名字。他夢中的空間暗下又亮起，連結成功。

箕子臨行前，忍不住回頭多看幾眼胡理十五歲的樣子，夢中的胡理小王子仍對他淺淺笑著，睫毛好長，真漂亮。

現實的胡理不耐煩地催促：「不要再貪戀我的美貌，快點。」

「阿理，我好後悔以前太糾結閒雜人等的眼光，沒能多跟你親近。」

「你高中都霸佔我三年了，還不滿意？」

「也是吼！」箕子笑開來，不再掩飾喜愛的心情。

「箕子，你真的變了好多。」

「哼哼，我可是很努力改掉娘炮的習慣呢！」

上高中之後，箕子收起許多小動作，想要符合大眾對「少年」的刻版印象。而箕子也真的因此少了不少麻煩，這讓胡理有些感傷。

箕子離開保健室，開始拔腿狂奔。

「你幹嘛？」

「去申家找袖袖。」夢中的箕子腿還很短，跑起來速度有限。「我能連夢，可是無法越過夢的障礙。」

胡理對道士這職業不熟，不知道箕子道術的水準這樣算好還是脫線？

所幸中家大宅離他們國中不遠，還在步行可及的範圍。箕子跑了幾個街區，氣喘吁吁來到中家大門，先是捂住鼻子，再深吸口氣，面對人間煉獄的景象。

「這些都是袖袖幹的？」

「嗯。」

胡理怕胡袖的仙女形象幻滅對箕子打擊過大，箕子卻笑了起來。

「其實我也想這麼做，只是我怕血。」

「箕子。」

「阿理，傷害你就是該死，這是我跟袖袖的共識。」

「你瘋了嗎？」

「我說過啦，我喜歡你嘛。」

箕子循著胡袖的氣息來到地下室的牢房。他用紙卡削開鐵門，深吸口氣，才敢去看小男孩的屍體。他給小男孩蓋上白色紙卡，唸了句經文，小男孩化成白色煙霧，從這場惡夢中安息升天。

箕子再低身抱起啜泣的小紅狐，摸摸她的頭。

「袖袖，沒事了，我們回去看哥哥。」

小紅狐低鳴兩聲，終於止住淚。

箕子憐惜地抱起小紅狐，很想永遠把她捂在心口上。

胡理提醒一聲：「箕子，抱太緊了。」

箕子抬起他十五歲那張中性的小臉，對夢外的胡理發出大笑。

「胡阿理，想要回你可愛的紅狐小妹嗎？就拿你這隻蓬鬆的白狐狸來換啊，嘎嘎嘎！」

胡理冷眼以對，當年那個唯唯諾諾跟在他身後、聽話又可愛的小雞子已經隨著箕子的白目而死去。

「雞蛋子，你不想活了是不是？」

胡理和箕子似乎忘了現在還在虛擬實境的大考當中，你一言我一句，像平常那樣抬槓起來，直到一旁響起輕咳聲，兩個無聊少年立刻立正站好。

箕子兩手抱著小狐，不管地上都是血，就地跪下。

「貧道箕子閒，見過青丘女王陛下。」

過了好一會，宗主大人還是沒讓箕子起身，胡理有些緊張地看向宗主大人頂著箕子臉皮沉思的面容。

「你師門……是陸家對吧？」

箕子僵直起來，他師父仇人無數，不敢隨便承認，說了恐怕被尋仇。

「如果他老人家過往有什麼得罪的地方，請容我向您賠罪。我師父對妖怪沒有惡意，他還說他很喜歡毛茸茸的狐狸！」

「喜歡算什麼？他有什麼不喜歡？」宗主大人冷冷回道，話中帶著一絲不易察覺的哀怨。

「什麼？」

「無事。小道士，謝謝你爲這蠢崽子的付出，接下來交給我。」

夢中的箕子聽了宗主的話，就像被按下開關，閉上眼，沉入夢中的夢。

申家的夢境散去，胡袖幽幽轉醒，茫然看著擔憂的胡理和高傲睨著雙眼的箕子。

「宗主婆婆，妳怎麼在這裡？箕子哥呢？」

胡袖一眼就看出宗主大人的眞身，胡理必須承認，胡袖對人的觀察力實在遠勝於他。

「小袖兒，快起來，時間不待人。」

胡袖抹了抹臉，翻身躍起，又是一名美少女戰士。

宗主大人大步邁開步伐，胡袖小跳步跟上去，只有胡理猶疑不前。

「快啊！」

「老宗婆，您現在是要親身帶我們走出迷境嗎？」

「不然呢？」

「這樣算不算作弊？」

宗主大人流露出來的眼神，幾乎要把胡理鄙視成草履蟲。

「你沒聽說過毛氏族人對我的抨擊？」

胡理從小在人間長大，鮮少接觸狐族的八卦，更何況是宗主大人不好的地方，他就算聽了也不會當一回事。

「我這位子，本來就是作弊得來的。」

第九章 青丘之國

狐女與道士終於向彼此表明心跡，偏偏，離別的時刻即將到來。

陸璣因爲詛咒無法離開湖中，只能剪一枚紙人、串上紅線，給胡璃隨身帶著，當作他守在她身邊。

胡璃珍惜地捧起小紙人。

「阿璃，就算妳把紙人捂在胸前，我也聞不見妳的體香。」

胡璃瞪著取笑的道士：「我只是想，這麼做說不定能讓你溫暖一些。」

「傻姑娘。」陸璣蒼白的臉龐露出笑。

胡璃喜歡他笑起來的樣子，卻又爲了這笑容痛心不已，即使她百般照料、日夜渡氣給道士，陸璣那張圓臉還是不停消瘦下來，恐怕時日不多。

胡琇變成紅狐，縮在陸璣腿上，沒什麼精神，悶悶不樂。

「姊姊，咱們就留下來吧，別去青丘了，姊姊、姊夫和我，三個人一起生活。」

「說什麼蠢話！」胡璃厲聲斥責，胡琇低嗚兩聲，陸璣摸摸小狐喪氣的腦袋。

胡璃不是不貪戀安適的生活，只是躲起來過日子，救不了家鄉和這個男人。

她無法眼睜睜看著美好逝去，所以她必須贏，無論如何都要凱旋歸來。

待夜深，滿天星斗降臨湖面，陸璣提著小燈，引領胡家姊弟來到水邊。

「陸兄，你要怎麼做？」

「陸家腆得星眷。」

「我不懂。」胡琇老實承認。

陸璣微笑，滅去手中的提燈。此時，天地間只剩穹頂星辰的光輝。

「青丘也有星，只要有相同的連結，時空即能交會。」

陸璣咬破手指，低身將血滴入湖水。血落湖中竟發亮成光點；道士手一動，光點像是靈活的畫筆，將湖面的星點連結成符文，畫出穿越異世的陣法。

胡琇目睹這番奇景，怔怔地說：「陸兄，老實說，你不是人而是天庭來的上神吧？」

陸璣還是笑著，沒有承認也沒有否認。

「他要是神，會待在這裡等死嗎？」胡璃終於用難掩哽咽的嗓子開口，忍不住唸弟弟幾句。

「姊姊，那也未必，不在這裡等著，哪能遇見絕世的狐狸美人？」

「就是說啊。」陸璣笑著打趣，被胡璃瞪過一眼。話都不說明白，就會找漏洞鑽，真討厭。

「陸兄，你可要撐下去，等我姊姊登上大位，就會來接你封后。」

胡琇用搭上陸璣的肩頭做保證，陸璣只是笑。

「阿琇公子，萬事小心。」陸璣拜了又拜，胡琇拍拍胸膛。他鎧甲內裡有道士姊夫親手繪上的護心咒，刀槍不入，百毒不侵。

「好了，時辰已到。」

胡璃踏上湖面，白履竟未沉下；她深吸口氣，挺胸走向發亮的湖心。胡琇化身紅狐，追上眼前那襲蕩漾湖水的白紗裙。

胡璃攬裙回眸，遠在水岸的陸璣隱隱閃動金光，她以爲是燈籠的光，卻想起燈已經熄去。

笛音悠然響起，輕揚爲她送別。

胡璃昂起螓首，用盡滿腔情思，在星夜湖面旋步起舞，只希望那人能再多看她一眼。

星光將胡家姊弟帶向夜晚的海濱，廣袤無際的水令生長在內陸的他們不由得屏住呼息。

胡璃拿出在黑夜中閃動七彩波光的冰晶鞋，放入冰涼的海水。不一會，海中探出一尊巨大的龍首，只要張開嘴，就能把姊弟倆吞進肚子。

龍說：「有勞你們找回舍妹的鞋，不勝感激。」也就是說，他是公主的兄長，龍族的王子。「不管她在何處，只要兩支鞋齊了，她一定能平安歸來。」

都怪道士的話總不說明白，胡家姊弟才知道原來冰晶鞋還有這種法力，難怪龍宮要重賞尋回的人。

「說吧，你們有什麼願望？」

胡璃低身拜謝：「請殿下下令，警告羽族從青丘撤軍，否則龍宮水族不會坐視不管。」

「只要一紙書信、口頭警斥即可？」

「是的，只要您表態就好。」胡璃拜了又拜。這就是道士所謂的平衡，不管有無利害關係，沒人喜歡贏家。

「諾。」龍接受請求。「既然是陸先生的託付，就由我親自帶你們去鳳凰一族的『金枝頭』談判。」

胡璃美目詫然，連胡琇抱她坐上龍頭都沒能回過神。

龍穿梭於雲霧之中，還把鬍鬚借給胡家姊弟當安全繩。

「敢問殿下認識那個姓陸的道士？」胡璃一定要問明白，她以爲是禮物打動了龍，眞正的原因卻是承道士的情。

「陸先生沒有同你倆說過，他養過龍？」

「沒有！」胡璃臭著一張漂亮臉蛋，以後若是陸璣笑咪咪地說想要養狐狸，她絕對不會再以爲那是求親的委婉說詞，打死不理他了。

「哇，姊夫竟然養過龍！」胡琇好不驚喜，又更佩服陸璣一些。

「小子們都喜歡跟他玩，可惜他與眾生緣薄，總是死得早。」

胡璃聽出龍話中的蹊蹺，好像那個姓陸的道士已經死過好幾回。

正當胡家姊弟猜想著道士的眞實身分，龍穿過七彩雲層，來到鳳凰一族的領地，遠望可見一株參天的梧桐樹。人間雖然也有大樹，但不像這棵巨木通體是金子做的，而鳳凰的巢穴就是築在金梧桐的枝梢上，故稱「金枝頭」。

水族首領龍殿下叩關，鳳主卻沒有起身接待，原因就在她身下心愛的紅蛋久孵不出，鳳主陛下已經心力交瘁。

胡璃走下龍頭，獻上火玉盤。

「陛下，孩子一定會平安出生。」

鳳主用幾乎睜不開的金色眸子，模糊地看了胡璃一眼。

「小狐女，妳希望羽族退兵是吧？」

胡璃被稱「小」，著實怔住，但細想過，以鳳主的年歲，說她是崽子也不爲過。

「鳳凰乃太平祥瑞，望鳳主陛下做主。」

「只可惜，以吾眼下的情況，恐怕半隻鳥兒也管不動。」鳳主虛弱地仰起斑斕的脖頸，從她堆滿寶物的金絲巢中叼來一只黑漆櫃，放至胡璃身前。

「這是吾族小民所獻上狐王的肝膽，食入可得狐王的武勇。」

胡璃眼神顫動，國破王死，豈不悲哀？

「謝陛下。」

「還有，代吾向陸家道士致意。」

嚇過一次，這回胡琇只是頂了頂胡璃，暗示她選了個很不得了的金龜婿，妖界兩大貴族，龍宮和大鳥都要敬那個男人三分。

胡璃不禁握緊那人所贈的玉環，無法不去多想。她並不真的了解陸家道士的能耐，還在他面前說要當王、說要照顧他一輩子，以爲自己是施恩的那方，難怪陸璣動不動就笑她傻。

拜謝完鳳主，龍親身將胡家姊弟載至邊境。

胡璃還想向龍詢問陸家道士的事，卻開不了口，身分不對，時機也不對。

胡琇倒是沒他老姊的矜持，熱絡地蹭了蹭自己坐了一整夜的龍頭。

「殿下啊，要是我姊姊和姊夫成親，你可一定要來賞光。」

「一定。」

龍殿下放下他們姊弟倆，飛升至雲上之後，胡璃才幽幽一嘆。

「阿琇，你說，他會不會以爲我是看上他的人脈才和他親近？」

胡琇沒應聲，只是嘴邊鼓鼓的，不知道在吃些什麼。

胡璃想起鳳主歸還狐族的漆盒，手邊卻空無一物，胡琇腳旁卻落著一只空盒子。

「阿琇！」

「姊，我實在餓了，對不起吶。」

「那是先王陛下的臟腑！」胡璃受人間倫理浸淫，無法接受胡琇的行徑。

「我這是給我們爹娘報仇。」胡琇打了記飽嗝。「姊，妳不說，狐狸們不會知道。不過說到毛狐狸，那裡就是咱們的故鄉？」

見識過海的宏偉與鳳凰富麗的金巢，當胡家姊弟踏上青丘邊境，只見一片焦土，更加突顯故鄉的衰敗。青之丘，曾被歌頌爲妖界最美麗的城都，不復存在。

胡琇喃喃：「比我在西域見過的荒城還糟。」

胡璃挺起胸膛，往淒涼的破城邁進，胡琇快步跟上。

與胡家姊弟行進方向相反，大片鳥兒從他們頭頂飛過，看也不看他們這雙落單的美味狐狸。他們猜想，應該是鳳主的命令傳到了。

過了半月，胡家姊弟終於走到都城。

城門被燒燬，也就沒有過河的木橋，好在護城河沒有水，只有交疊的狐屍。

胡琇看著胡璃一塵不染的白裙，橫抱起胡璃，踏著屍身渡過乾河。

過了河，來到城門下，胡家姊弟聽見微小的泣音。

他們沒有直接入城，而是拐彎走向倒塌的城牆，發現兩塊巨大的青石夾縫之間，藏著留有狐尾的小女孩，她身後還有一團又一團的雜色毛球。

「你們是誰？」小狐女手上抓著斷劍，對兩個沒見過的生人瞪大眼珠。

「我們是外地回來的狐，妳別怕，我們不會傷害妳。」胡璃放柔聲音，掀起白裙，讓小狐女看看她的雪白狐尾。

「我也有喔！」胡琇跟著轉過身，搖了搖屁股後的紅尾巴。

小狐女這才放下劍，伏地對兩位成狐懇求。

「求求你們救救我們秦家的孩子！」

「快起來。」胡璃扶起小狐女，給胡琇交代下去。「城中無餘糧，妳們一定餓壞了。阿琇，把我們帶來的食糧分下去。」

「是，姊姊！」胡琇勤快地執行任務，叼著雞蛋做的軟糕，鑽進牆縫給小狐們發飯吃。

小狐女呆呆看著胡家姊弟的義行，她只是需要一點吃的，讓她和小妹妹們可以度過今日。沒想到她們不僅飽食一頓，那位漂亮的姊姊還雙手環抱著豐滿的胸脯，說要重建她們的家園。

胡璃對小狐女招招手：「妳叫什麼名字？」

「胡姊姊、胡哥哥好，我是秦媚，秦家長女。」秦媚對胡家姊弟深深一鞠躬，言行舉止很是得體，就是個教養得宜的小千金。

胡琇不由得對可愛的小狐女綻開笑：「小媚妳好啊，長大要不要當我老婆……哎喲，姊姊妳別打，我隨口問問嘛！」

胡璃輕手撫了撫秦媚的額髮，秦媚忍不住抱上她的白裙紗。

「媚娘，妳能否和我們說說城裡的情況？」

於是秦媚小聲說起，狐國衰亡的來龍去脈——

先王胡姓，沉迷酒色，以致於政風腐敗、國力衰頹，終至引來外族覬覦。城破之際，先王召來各家大狐，吞食眾狐的內丹；正當臣民以為王要逃去南海避禍，先王卻一聲長嘯，出城迎戰羽族大軍，最終力竭而亡。

眼見先王犧牲自我，餘下的胡姓和秦家子弟組成殘兵，和羽族爭戰數月。狐族戰士所剩無多，青丘已是存亡之秋。直到半月前，羽族突然退兵，才不致於滅國。

「因爲我姊姊賣力說服龍和大鳥，才換來和平。」

「阿琇。」

「我說的是事實啊！」

「原來是妳救了我們……」秦媚睜大眼望著胡璃，當她是會發光的日頭，就要跪下拜謝，被胡璃抱住才沒跪成。「璃姊，謝謝妳願意……回來拯救這個國家……」

胡璃摸摸她的頭：「應該的。」

「小媚，既然鳥鳥飛走了，妳們這群小狐狸怎麼還躲在牆邊？」胡琇隨口的疑問，直指狐國的內憂。

「王城……被毛氏搶去了。」

秦媚咬著小巧的唇瓣說道，當胡秦兩家大狐為國家存亡奮戰，毛氏一族卻逃亡他地，等到羽族退兵才大搖大擺回到青丘，宣布未來的宗主將是他們毛氏的公主，毛姬。

毛姬看也不看城中的難民，只吵著要族人快把她當初帶走的珠寶和漂亮衣裳搬回來，還命人去搜刮殘存的狐族人家，為的就是做她登基的新王袍子。

「真是隻壞狐狸！」胡琇義憤填膺。

「阿琇。」胡璃昂首凝視著高聳的青玉宮城，眼中再無其他。

「是！」胡琇趕緊給秦媚粉頰親一口，才放下偷抱起來的可愛小狐女。

「隨我來，拿下它。」

「是的，姊姊！」

胡家姊弟未到宮城，先被毛氏的守衛喝住腳步。

胡璃對凶神惡煞的守衛欠了欠身：「民女胡璃。」

胡琇跟進：「民男琇子。」

「姓胡的來做啥？滾出去！」

先王胡姓，但不代表所有姓胡的狐的都是貴族。無父母的孤子都可以姓胡，在先王死去之後，「胡」變成狐族中的平民賤姓，用以襯托毛氏的高貴。

胡琇抓抓頭，他們連宮門一步都沒踏進去，是要滾去哪裡？以他當了好幾年人類皇宮禁衛的標準來看，基本的敦親睦鄰、友愛城民都做不到，不得不說，毛氏狐水準眞差。

「民女求見毛姬。」胡璃不氣不餒，再次請求。

「毛姬殿下是你們這種狐見得到的？」

「我要她來，她豈敢不來？」

「眞是好大的膽子，妳憑什麼？」一道嬌媚的女聲從宮殿深處傳來，胡璃勾起冷艷的笑。

「因爲我比妳美多了。」

胡琇大嗓門覆誦：「我姊姊，比妳漂亮多了！」

愛美是人類和狐狸的天性，長命的狐女又比轉眼老去的人類女子更加執著於美貌。而且外貌恰恰反映出狐妖的內在，愈美的狐，愈是強大。

轟的一聲，裡頭傳來某個器物碎裂的聲響，看來胡家姊弟三言兩語成功激怒了毛姬。

咚、咚！宮中響起龐然巨物逼近的腳步聲，宮殿尖塔的窗口探出一顆黑底白紋的狐頭，黑沉眼珠骨溜溜地打量著底下的白裳美人。當胡璃仰起那張絕世姝容，黑狐怎麼也掩飾不了嫉恨的眼神。

一眨眼，黑狐化作高髻女子，頂著黑紗帷帽，搖曳走出高台。看來不過人類二十出頭的模樣，比胡璃年紀還輕點。但可能就是輕了那麼一點，少了胡璃身上那股令人著迷的韻味。

胡琇好不失落，小媚妹妹還比較可愛。

「拿下帽子吧，小妞。拜託，不知道人間已不流行戴帽了嗎？虧妳還自命是狐族公主。」

黑狐女狠瞪著胡琇，胡琇吹了聲口哨：「還眞嚇人喲！」

胡璃朗聲問道：「妳就是毛姬？」

毛姬揚高音譏笑：「我知道妳，妳不就是那個惹毛人類皇帝的妓女？」

「對，我能惹毛的不只皇帝。」胡璃凜凜回話，毛姬眉頭蹙下。「我就一隻狐的身分說句公道話：毛姬，妳棄弱小於不顧，沒有資格當王。德不配位，妳不想讓，也得讓。」

「好笑，除了我，城中舉目還有誰能做大君？別說秦家小娘那個蠢娃娃。」

「民女胡璃，斗膽向蒼天請命。」

毛姬獰笑地說：「胡璃，憑妳一個人間來的雜種也想當王？」

胡璃凜凜回應：「就是，妳走得太偏，我來帶妳回歸正道。」

毛姬本要號召手下教訓城下這個膽大包天的胡婢子，不料羽箭搶先一步呼嘯而來，不偏不倚射穿毛姬的鞋尖。

毛姬臉色發白，連退兩步，跌坐在地。

「抱歉，我看錯以爲是哪來的黑狗，原來是黑心狐狸啊！」胡琇鐵弓在手，抽起第二支羽箭。

「混帳！你們是要造反嗎？來人、來人！」

宮中擁出十來個衛兵，每一個侍衛都比胡琇壯碩許多，卻被連劍也沒拔的胡琇徒手擊倒，那身與他青澀年歲不符的勇武，著實令毛氏族人心膽寒，一個個像空酒瓶東倒西歪，化作呻吟的黑毛狐狸。

「給我起來！」毛姬往塔下拋出黑線，線頭搭上黑狐們的脖頸。她提起十指，黑狐跟著起身，眼神空洞，只是向胡家姊弟露出猙獰的白牙。

當毛姬操控黑狐撲咬上胡璃和胡琇，她沒能聽見預料中的慘叫，拉開手下之後，才發現自己著了道。

沒有人在，什麼也沒有。

毛姬咬著指頭，齜牙咆哮：「在哪？在哪裡！」

就在這時，她感覺到一股王宮不該有的熱度，低頭往腳邊看去，琉璃地板竟然著火了，像是回應她驚恐的目光，火焰更加炙烈。毛姬號叫一聲，帷帽掉了，連她最愛的珊瑚毛梳也忘了帶，慌亂奔出宮門。

但當等毛姬出了宮，本來燒得驚天動地的大火，卻在她回頭看時消失無蹤，青玉宮殿還是好端端的，什麼事也沒發生。

毛姬怔了好一會，聽見毛氏守衛不停的叫痛聲才回過神。

「我就說吧，姊姊漂亮多了。」胡琇一點也不意外。

毛姬盛怒看著陷她於窘境的胡家姊弟，尤其是懶得說她一字半句的胡璃，那睨眼的神貌真是美得可惡至極。

「妳這賤婢，竟敢設計我！」

胡璃攬起白裳，現出四條白尾。

「毛姬，露出妳的狐狸尾巴！」

毛姬顫顫退開半步。四尾以上的狐不是都戰死了嗎？怎麼還有漏網之魚？

「哼，連我姊夫都不知道，我姊姊其實已經五百多……唔啊！」

「多嘴。」胡璃教訓完胡琇，又看向不戰先怯的毛姬。「自古胡、秦、毛三姓不分高下，階級是人類玩失敗的把戲，妳不必撿拾人類糟粕。乾脆些，跟我打一場。」

毛姬閃過陰狠的目光：「好！」

「姊姊小心。」胡琇小聲囑咐。

胡璃頷首，擺出迎戰的架勢。

毛姬衝向胡璃，原本纖細的手指亮出尖銳利爪，直往胡璃胸口刺去。

胡璃將身子壓下地，裙裳像展翅的白蝶，等毛姬揮出手爪的那一瞬，白裙翩然舞起，胡璃全力向毛姬肚子揮拳，正中紅心。

毛姬往後跌去，連滾了四、五圈，化成白紋黑狐，倒在地上嗷嗚痛叫。

胡琇表示哀悼。在京城酒坊花街長大的孩子，不論人鬼妖怪，誰也不敢惹火他打人很痛的老姊。

毛姬好不容易才變回人形，披頭散髮、灰頭土臉，只有那雙用紫墨暈黑的眼熊熊燃燒仇恨的火焰。

胡璃走向毛姬，伸手要扶；毛姬抬手，卻是露出暗藏的毒針。

毒針沒刺中胡璃，只是刺入一團白棉絮，是幻影。毛姬有些茫然，用盡手段，卻無法贏過胡璃半分。

胡璃重新出現在毛姬眼前，這次不再跟她客氣，出手就是一巴掌。

「沒人把妳教好，由我來教。」

「我呸！」毛姬不想與下賤的胡婢子和解，青丘是她的所有物，休想要她分出一絲一毫。

「姊，不用理她。」胡琇不想跟這壞狐狸一起叫胡璃「姊姊」。

毛姬起身，帶走毛氏族人，走前不忘惡狠狠向胡璃宣告。

「妳給我記住，敢與我毛姬作對，我會讓妳後悔莫及！」

「——這就是我與毛氏結仇的由來。」

胡宗主頂著箕子的外皮說著千年前的往事，胡理一時有些恍然。

「宗主婆婆好厲害！」胡袖抱著箕子的手臂，絲毫不打算避個嫌。

三人走在漆黑的地道，狹窄而多歧，三步一岔路、五步一死路，如果沒有在地的狐狸大老帶路，胡理根本不敢選地下的路徑。

「老宗婆……宗主大人，就算妳說作弊有先例，我還是覺得不尋常。出手打破三家平衡，不是妳的作風。」

不管他還是秦麗、毛嬙，三組人馬各有優缺點，光是遴選初始的傳送位置，胡理就能感到宗主對後輩的用心。

「老宗婆……宗主大……算了，婆婆，我知道，妳再疼我，也願意等我往前進。妳卻來到我面前，我歡喜之餘，也感到不安。請容我探問，國中有什麼不尋常？」

胡宗主凌厲地看了胡理一眼，因爲她頂著箕子的臉皮，胡理倒是不太怕。

「遴選出了差錯。毛氏藉城都的迷幻大陣，把你們所在的郊野變化爲千年前的古戰場。在宮人將法陣漏洞修補好之前，我無法控制住遴選試場的變因。」

胡理會意過來，總而言之，老宗婆就是擔心他們兄妹出事，才會應允箕子的召喚，附身在箕子身上。

「宗主婆婆，如果毛毛因爲作弊搶先哥哥一步，妳會讓毛毛當王嗎？」胡袖一臉清純地問出所有狐狸都想知道的事。毛嬙那孩子素行不良早有傳聞，向來英明正直又討厭毛氏的宗主，眞的會應允君位？

「毛氏有才能，會將國家當作私產經營，由他掌權柄，應能保持國力不墜。」

胡袖聽了，有點急了：「可是阿麗和毛毛都傷害過哥哥，不行，不可以！」

胡袖想要說服宗主大人全世界只有她大哥可以當狐狸王，但她激動起來反倒說不好話。

胡理喊住妹妹：「小袖。」

宗主又說：「這麼一來，爲了自保，妳和小理子也只能留在人間當人了。」

胡理聽了，才明白宗主大人對他參加遴選總是不說清的保留態度，她希望選出最適合國家的新王，卻又不希望她家蠢崽子受苦，贏或輸，都為胡理設想好前路。

他再也克制不住一直壓抑雙重身分帶來的矛盾心緒，淌出淚來。

「婆婆……」

「哭什麼哭？」

胡理不再顧及優雅的儀態，蠻橫地抱緊宗主，整張臉埋進她懷抱。

「我一定會贏得勝利，所以請再……選擇我一次……」

宗主抬起箕子的手，戳了戳胡理的腦袋。

「總是不聽勸，壞崽子。」

地面再次震動，這已經是他們今日經過的第百來個地震。宗主收起臉上的柔情，回復往常冷情的眉眼。

「城裡要亂了，我必須回去坐鎮宮城，你們與秦家會合，一隻都不能少。」

胡理抖著喉嚨回應：「遵命……」

宗主低眸吻了吻胡理的眼角，舔去他的淚水。胡理閉緊眼，直到宗主魂魄離開。

附身的大妖走了，箕子清醒過來，一睜開眼就看見胡理抱著他。他懸空的雙手要推開也不是，要他趁機用力抱下去又沒膽。

「阿理，你在哭嗎？」

胡理知道宗主已經遠去，一時還是無法緩解情緒。

「你別哭了嘛，你看你哭，袖袖也在哭。」

「哥哥不要哭……」胡袖在一旁嗚嗚抽泣。

箕子大概明白胡理糾結的點，以朋友的角度寬慰他幾句。

「你留在人間也好，這樣我就能一直在你身邊。你少了那麼多弟弟妹妹要顧，應該會更照顧我一點。」

箕子的安慰卻讓胡理更難受。唉，怎麼辦？不小心說出眞心話了。

「阿理，不管考醫生還是當狐狸王，你所做的，都是想回報長輩對你的疼惜，你就是這麼一個傳統的人。」

箕子了解胡理的心情，就像他師父待他那樣。他很想爲像他父親般的師父大人做些什麼，治好那身藥石罔效的絕症、爲受公會打壓的他揚名立萬。可是他師父卻說：「不用回報，只要我們家子閒過得好就好了。」

不足的自己被如此愛著，要人如何不流淚？

「箕子……」

「嗯。」

「再讓我抱一下……」

「不要說一下，給你抱一輩子也可以啊！」

箕子想，或許他這些年來拚命長大成人，不爲什麼，就是爲了讓這個漂亮又倔傲的男孩子有個依靠的肩頭。

第十章　入侵者

大考前夕，他女朋友提了分手。

「雅之，對不起，我們不適合。」

他手中一杯兩百元的Kilimanjaro咖啡，傾斜十五度，滴滴答答流滿桌。

他女友嘆口氣，眨眼間，桌面回復整潔；他卻無法細想這個他和女友約會所發生過的無數異常之一。

「我有睿智的頭腦，妳有出眾的美貌，我們很適合啊！」

他女友垂著長睫，從他的角度看來，顯得唯美憂傷。

「我之於我們族人不算漂亮，你願意和我交往，我很高興。」

「妳這樣叫不算漂亮？」雖然他很少誇獎女友，但通常高中女生不都自以爲是出淤泥而不染的天仙？他今天才知道原來女友對外貌沒什麼自信。

「胡理是我表哥。」

他「啊」了聲。這就難怪了，如果以狐狸王子爲標準——舉手投足都會勾人魂魄的美人，那他女友的確略遜一籌。

「我來到你身邊，就是為了刺探敵情。你提供許多關於表哥的情報和他穿水手服的近照，真的很帥，非常感謝。」女友鄭重向他致意。

「啊啊？」他不知道該如何反應，該先震驚女友和他交往的目的？還是先要女友交出皮夾，確認一下裡頭放的照片是兩人的合照還是胡理的玉照？

「我很喜歡你口中關於胡理表哥的故事，要這麼長期觀察一個人私下的情態真的很不容易，我不會說你是變態，你只是好奇心旺盛。」

「變、變態？」雖然他經常被二中的笨蛋同學這麼說，但從女友口中聽到又是另一回事。

「你可不可以再說一次你和表哥遇到車禍那件事？」

他總覺得還有更重要的事要討論，嘴巴卻還是順從女友的請求，說起狐狸王子在市內流傳的眾多事蹟中，一樁微不足道的義行。

那時他還是國中生，要去補習班的路上撞見連環車禍。

先是來了警車，再來是消防車，可是最重要的救護車遲遲沒有趕來，警方卻先開路護送一台撞歪頭的黑色轎車離去。

路上冒出一個和他同年的學生，他一眼認出那是長期霸佔全市國中模擬考榜單第一名的胡理本人，亮著一身扎眼的白制服，吆喝路人幫忙，救出受困在車陣的傷者。

其中有個婦人傷勢特別重，頭都破了，腦漿流了出來。他嚇得不敢看。而胡理一直守在受傷婦人的身旁，直到婦人斷氣死去。

他待在原地呆傻站著，看胡理爲婦人披上白布。

他說完這個老故事，女友神色顫動，好像在忍耐著什麼，很無助、很可憐。

他從來不屑偶像劇裡那些對待女人的方式，女朋友就是要調教才能合意，但看女友鮮少流露出的脆弱模樣，他不自覺放棄大男人原則。

「夜錦，妳有煩惱，可以跟我說啊！」

「我知道表哥爲什麼放棄人籍、參加遴選的原因了……」女友自問自答，深深地惋嘆一聲，「怎麼會有這麼溫柔的狐？他果然比較像人類。」

他小心翼翼地探問，胡理是不是女友喜歡的類型？女友還眞的點點頭。

「但是不管胡理表哥再好，我必須幫毛才行。」

他知道女友說的「毛」是她家遠房表弟，之前見過幾次，他很不喜歡那個陰沉的小子，而且每次對方看他的眼神，就像要把他吃了一樣。

「雅之，我要參加一場競賽，可能再也回不來，你還是把我忘了。」

「妳怎麼突然又回到正題？忘了這件事，繼續喝我們的下午茶不好嗎？」他聽見自己的聲音快要哭了出來。

女友看向他，眼神還是那麼溫柔：「雖然你說考到二中是畢生恥辱，但孤僻的你也有了可以一起笑鬧的同學，世上能受得了你古怪行徑的人不多，我看你上大學、出社會也一樣沒人緣，要珍惜朋友喔。」

他張了張嘴，想說些什麼，但他平時只會用事實酸人，事到臨頭，怎麼也擠不出挽留的好聽話。

「夜錦、夜錦，妳不要走，我沒有妳會完蛋的！班上那群笨蛋都不相信我有女朋友，我跟那群混蛋說等考試放榜，就要帶妳去見他們啊！妳不在，我不是變成一個大笑話？嗚嗚嗚！」

他抱著女友大腿不放，女友苦澀一笑。

「所以你也只是需要有女友的虛名來贏過同儕，並不是眞的喜歡我呀！」

不是的，他其實自知平凡，認識她之後，生命才有了色彩。可是他只是呆滯地看著女友的笑容，自我中心慣了，想要爲她坦率一次都做不到。

「雅之，好好照顧自己。」女友低身吻了他。

等他回過神，又是好端端坐在絨布椅上。手上的咖啡半滿，對座餘下一壺清茶。

他不甘心被分，去女友住的地方堵她。沒想到女友租用的小公寓變成廢棄大樓，附近的住戶告訴他，這裡鬧鬼很久了，沒有人住，晚上卻總會聽見少女的笑語聲。

他恍惚地想，住戶的說詞合乎邏輯，因爲他都會固定晚上八點和女友講電話……

他抖著手拿起手機，撥出熟悉的號碼。

「您所撥的電話是空號……」

那個他交往三年、溫柔可人的女孩子，一夕從人間蒸發。

他看著手機他和女友的甜蜜合照，崩潰哭倒在地。

「夜錦，妳跑去哪裡了！」

♛

夜錦殷切地幫鴉頭找來清水，也爲挑食的毛嬙找好糧食，以爲即將入城的他們前途一片光明。可當她從麥田獵來十多隻肥美田鼠時，孰料風雲變色。

原本晴空萬里的青色城都籠罩在不祥的血雲下。

鴉頭在夜錦發話前，連著擺手：「不是我，不是我幹的。」

夜錦立時猜出禍首：「毛，你做了什麼！」

「除了勝利，還能做什麼？」

「這分明是開通人間和妖世通道的禁術！我說過了，不要再和申家的術士合作，他們居心叵測！」

「可是他們願意支持我當王。」毛嬙歪了歪頭。

「我插個話，你跟人類合作？」鴉頭可以容忍毛嬙各種小手段，只有跟人類扯上關係這點她無法忍受。「那等你贏了之後，要把青丘切一半分人嗎？」

「怎麼可能？我可是狐狸呢！」

毛嬙雖然臉上笑得可愛，但話中的恨意怎麼也掩蓋不了。

鴉頭明白了，從小欺壓毛嬙的壞蛋不是人，而是狐。三家之中，最親人的是胡理，而最痛恨狐族的是毛嬙。

鴉頭覺得虧大了，她本來就是因爲不滿胡理半妖的身分才投靠毛氏，結果毛嬙和人類中的人渣好到不行，那她還不如一開始就抱住胡理表哥的大腿。

「我不玩了，我要棄權。」

「妳不是想要權勢？你們皮家能否從附從的小姓翻身，就靠這一回。」

「你說的對，但是，只要對青丘有威脅的傢伙，就是我皮鴉頭的敵人。」鴉頭揚手撐開蕾絲黑傘，就戰鬥狀態。

鴉頭打了記響指，幻化出黑色塑膠花，雖然造型看來有些廉價，發動奇襲卻是殺傷力十足。

在塑膠花爆開之前，夜錦搶先橫在毛嬙身前，抽出雙刀，將黑花砍碎成一地殘瓣。緊接著，她不顧殘瓣上的尖刺，踩著碎花跨步逼近鴉頭，毫不憐香惜玉，一把斬向鴉頭柔弱的瓜子小臉。

鴉頭撐起黑傘，往後連跳三步，勉強避開夜錦必殺的一擊，只是胸前的緞帶蝴蝶結被刀尖劃開，露出雪白的胸乳。

「眞是，妳還眞的砍得下手，我們是同伴耶！」鴉頭撇了撇嘴。

「抱歉，沒能控制好力道。」夜錦眞誠道歉，可臉上的敵意沒有消退。「請妳明白，沒有狐可以在我面前傷害毛。」

「不愧是姊姊啊！」鴉頭挖苦一聲，可惜夜錦聽不懂，眞心以毛嬙之義姊自居。「可是夜錦，小毛要毀滅這國家啦，妳身爲姊姊，不該管教他一下嗎？」

「我會阻止他，但不准妳傷害他。」

鴉頭不玩啦，決定投降，放棄傍身的利益，回城中當回狐狸國民喝杯茶。不過遴選期間青丘城會同時發布類戰時特別演習，每隻狐都躲在家裡頭等待新王，沒有下午茶店會開。這種時候令她格外想念人間，族群數量龐大就是有好處，二十四小時都有勞力供應商業服務。

可鴉頭還沒把黑傘變成白傘表示投降，她面前的夜錦突然倒下，而夜錦身後的毛嬙拿著消音手槍。

鴉頭厲聲大吼：「你做什麼！」

毛嬙槍口對著鴉頭，臉上還是掛著虛假的笑容。

他只需要有人帶著體力不濟的他穿越犬塚，現在成功發動禁術，已經不需要妨礙他前程的伙伴了。

鴉頭不再顧及仕女的儀態和中彈的風險，衝上前扭住毛嬙的衣領。

「你這傢伙，有沒有良心啊！」

「當王不需要心。」

夜錦強忍著痛起身，抓住鴉頭的黑絲襪腳踝。

「對不起，他不是故意的……」

鴉頭很是崩潰：「妳清醒一點好不好！」

鴉頭丟下傘，壓住夜錦的傷口止血。不行，這麼嚴重的傷，看樣子只能送人間的獸醫院了。

毛嬙溫柔地看著鮮血直流的夜錦，彷彿自己不是下毒手的凶手。

「毛……不可以……走歪路……」

「夜錦，我會當上王。」

夜錦徒勞地伸長手，卻只能看著毛嫱走向漆黑的夜。

♛

秦麗一行人遭到突襲，不該出現在都城附近的羽族，成群籠罩在他們的上空。

雖然兩位傍身阿姨經常唸著「少主去死吧」，但生死關頭，她們立刻前後護住秦麗，共同施展出火術，瞬間滿天火海。

可是攻擊他們的羽族卻不怕火，依然前仆後繼，帶著燒起的鳥尾，像顆火球直往秦麗的隊伍衝去。

「骨頭，鳥都是骨頭！」秦麗大喊，兩位狐阿姨瞇起美目。

活鳥就已夠難纏了，竟然是死去羽族所化的骷髏鳥，除了殺傷力，還帶著詛咒的戾氣，會對胎兒和未成年的小狐帶來負面的影響。

而秦麗小心護著的黃蝶，掙脫他的指縫，往空中飛去。

「小蝶！」

黃蝶凌空變回秦媚的身影，明黃裙襬像是綻開的花朵。秦媚抓住滯空的時間，從裙下抽出雙槍，對著骷髏鳥大軍連射。她因爲槍傷失去內丹之後，陳幫主改了兩把槍送給她防身。子彈則是宗主九尾大狐的妖力凝聚而成，對付人鬼妖魔，所向無敵。

秦麗對母親驍勇善戰的美麗身影目瞪口呆，才知道原來黃蝶是秦媚的幻形。

原來，母親一直守護著他。

「落雁、飛燕，帶阿麗走！」

「大娘！」

「快！」秦媚趁骷髏鳥被雙槍打散的空檔，命令秦家姊妹帶秦麗離開戰場。

秦落雁和秦飛燕對看一眼，當機立斷聯手綁了秦麗。畢竟他們來到這裡的目的不是爲了打鳥，而是宗主遴選。

「媽咪、媽咪，妳們放手，我要去媽咪那邊！」秦麗嘶啞叫著，深怕再也見不到母親。

「少主，拜託你，斷奶吧！」

秦家姊妹對秦麗連拖帶拉，往都城奔逃而去，留下秦媚孤軍奮戰。

秦媚本想把死鳥大軍引開都城，避開各家候選人經過的要道，再遁地逃走；但鳥群的數量太過龐大，她連脫身的機會也沒有。

就在秦媚快要體力不支的時候，戰場響起狗的長嚎聲，秦媚頓時渾身冰涼，轉身看去，十來隻碩大的屍犬團團將她包圍。

青丘國境出現死鳥已經不合常理，又在犬塚以外的地方出現死狗，秦媚只想得到千年前的戰事。死鳥是羽族軍，而狗多由人類豢養，屍犬應該是人類術士弄來的邪物。

秦媚咬緊牙，事關到人，什麼都會變得複雜。

如果千年前毛氏沒有引來人類，如果人類士兵沒有帶來當時狐族無法抵擋的強弓勁弩，失去胞弟的宗主大人也就不會獨身深鎖在青丘的冰宮中，夜復一夜凝視著星空。

秦媚眼眶湧起淚水，她爲什麼又要去想不可能改變的過去？

屍犬撲咬上來，秦媚雖然射中它，但屍犬比死鳥大得多，不容易一槍打爆。無法一槍斃命的話，屍犬就會咬住目標不放，同伴跟著一擁而上，死無全屍。

秦媚忍著肩頭的劇痛，奮力把屍犬甩下地，往都城反方向跑，而嚐到鮮血滋味的屍犬更加瘋狂地追逐獵物。

秦媚視線模糊，隱約看見一抹飛揚的白裳，忍不住脫口喊出過去的暱稱。

「璃姊……」

胡理伸出雙臂，及時抱住倒下的秦媚。

胡袖帶著鐵棍衝進狗群，使出華中街賣藥仙傳授給她的打狗棍法，將屍犬打得滾地痛叫，爭取到箕子施咒的時間。

箕子兩指夾著明黃紙卡，速速唸出咒語。

「吾乃天地之乩祈，受身眾神之血肉，得請后土庇佑！」

他們腳下的土地像是有生命一般，自動裂開容得下他們一行人的空隙。胡理抱著秦媚，胡袖和箕子又抓著胡理，四人一起下墜。

土地又重新闔攏，將追來的死鳥和屍犬埋藏進土層。

「小袖，再照過來一點。箕子，食鹽水。」

胡理在他們所在的地下地道找了一處臨水的平坦地，親手爲秦媚治傷。

秦媚右肩整塊肉幾乎被撕咬下來，又纏繞著藥水無法消毒的黑氣，不趕緊處理，恐怕會擴散到全身。

「阿理，怎麼辦？」

「箕子，你轉頭。」

「爲什麼？」

「因爲你是變態。」

「爲什麼啊？」

箕子不滿被人身攻擊，但還是乖乖聽胡理的話去面壁。

胡理掀起白袍下襬，露出那雙長跪姿態的潔白長腿；他身子微往前傾，身後化出一尾、二尾、三尾……直至八尾。

胡理俯下身，吸吮秦媚傷口的黑氣。等到他沾染血跡的雙脣抿下最後一絲黑氣，秦媚才幽幽轉醒過來。

「璃姊……」

「秦阿姨，我是胡理。」

「對了，已經過了千年……我怎麼一直想起過去的事……」

箕子面對著蔓布著草根的土壁，向秦媚說明一二：「妳受到陣式的影響，被迫回溯千年前的記憶，藉由妳和其他經歷過當時往事的人物，越是痛苦不堪，越能加強術法的效力。」

「這位是？」

「阿姨，他是我朋友箕子，是名道士。」

狐妖和道士一直不大對盤，本來以爲秦阿姨會唸他們幾句，而秦媚只是撐起身子，向箕子頷首致意。

「小兄弟，謝謝你。」

箕子受寵若驚：「沒、沒有啦！」

「你們快點走，應該還追得上。」秦媚用蒼白的臉龐、無力的嗓音催促著胡理。要不是她是長輩，這楚楚可憐的模樣眞讓人想要抱抱她。

三人看著秦媚，異口同聲道：「不會走。」

秦媚這才想起，這三個孩子都不是在地狐。

秦媚變回黃狐，方便胡理抱著攜帶；她就像先前沿路保護秦麗那般，細心爲胡理指路，沒有想過故意拖延好讓自家人得勝。

走了一段，秦媚輕聲催促：「可以再快一些嗎？」

「阿姨，妳的傷口……」

「不要緊，我只怕舊事重演，我必須守住都城。」

胡袖爽朗說道：「秦阿姨，別擔心，有宗主婆婆在，宗主婆婆最厲害了！」

秦媚哽了哽喉嚨：「小道長說這個邪術會讓不堪的回憶再三浮出，千年前的慘事連我這個外人都不願意回想，更何況宗主大人？我怕她一隻狐會挺不住。」

「我師父說，不管經歷過什麼苦難，說出來總會好過一些。」箕子建議道。

「可是這個故事沒有善終，不適合孩子……」

胡理柔聲保證：「阿姨，我們會改寫出圓滿的結局。」

秦媚定睛看向胡理，這就是宗主大人選出的孩子。宗主曾埋怨過，胡家長子性格有些軟弱，無法果斷決策，但今日秦媚看來，胡理已經是能獨當一面的成熟男子。

「沒錯，有哥哥在，不管人還是狐狸，全都放馬過來吧！」胡袖熱情應和，秦媚特別看了她兩眼。所有狐崽子之中，就數胡袖最像當年的小將軍。

於是秦媚說起毛氏叛亂的事。

毛氏敗走，胡璃接掌大位。

胡璃不稱王，放著現成的王宮生灰，和秦家的小狐們睡在一塊。她召集城中餘下的狐族修築城牆，夜晚卻不關閉城門，點燈等候流亡的族人回來。

狐狸的眼睛特別亮，看得出那白裳美人有才有能有仁心，若是她登上玉座，同是胡姓的先王定能瞑目九泉。

秦媚喜愛跟在胡璃身邊忙進忙出，好像她多長的一條小尾巴。

以身分論，哭著夾尾巴逃走的毛姬是公主，秦媚這個秦家千金也是貴女，有資格問鼎寶座。

胡琇直率問道：「小媚妳想不想當王呀？可以跟姊姊商量輪流坐一下。」

秦媚低著小腦袋，羞軟回應：「我沒有像璃姊遠大的志向，只想照顧好自己的小崽子……」

胡琇嗷了一聲，實在太可愛了，忍不住抱緊害羞的小狐女。

「小媚，跟琇子哥哥一起生崽子吧！」

胡璃扭過胡琇的耳朵，把他拖開小狐女三尺遠，狠狠教訓一頓。秦媚只是紅著小臉，沒有生氣也沒有拒絕。

秦媚已經許久沒有過過這般和樂的生活，希望能一直繼續下去，不再有小狐失去父母，也不想再看見長者對曝屍在荒野的幼崽悲鳴。

沒想到，那可恨的毛氏女竟喪心病狂，召來狐狸的死敵羽族，以及貪婪的人類士兵。人類沒有機緣，幾乎進不了妖界，但若是有妖做內應，又是另一回事。

秦媚認爲，毛姬一定從宮中拿走某個寶物，可以一口氣傳送人類進來。此舉不僅踐踏狐族的顏面，同時也嚴重冒犯其他妖族。

狐族總被說是最具人性的妖，若是因此被視爲背叛妖族、投靠人類的異種，說不定會永遠失去在妖界的立足之地。

毛姬大搖大擺坐在人類軍隊架起的車駕高台上，身上只有一襲黑薄紗覆住姣好的胴體，隨著軍靴的腳步，帶著扭曲的恨意來毀滅她的國家。

胡璃站上城牆，無法原諒那個把私利放在國家大義之前的狐女。

「毛姬！」

毛姬對城上盛怒的美人妖冶一笑。

「胡璃，我就是要告訴妳這胡婢子，我得不到的東西，別人也休想拿！」

人們的昂揚軍歌、喧騰的狗叫聲，四面八方往青丘襲來，把不知事的幼崽嚇得啼哭不止。

「莫怕，有琇子哥哥和阿璃姊姊在呢！」胡琇帶著大弓，並肩站在胡璃身旁。

雙頭大鷹作爲毛氏大軍的前鋒，從高空飛撲而來。胡琇叼著竹葉子，毫不畏懼，將羽箭點燃狐火，引弓連射；巨鳥被火箭射中，在察覺到痛處之前，轟然一聲，被狐火燒去鳥羽，痛苦落地。

這一箭，讓城中狐民生起一絲希望。

眼看大軍就要兵臨城下，胡琇乘著全城的歡呼聲，帶劍向胡璃請命。

「擒賊先擒王，讓我去拿下毛氏女給姊姊當踏腳墊！」

「戰爭乃國家大事，豈容你兒戲！」

胡璃嚴厲喝斥，胡琇卻不氣不餒，跪著爬向胡璃，像小時候跟姊姊撒嬌的模樣，抱住她裙裳。

「舉目望去，老幼婦孺，能打的只有我跟妳了。而姊姊妳得在城中守著崽子，不是我去打仗，還有誰呢？」

勁風揚起，旌旗紛飛，將崑崙山的寒意吹來青丘城內，胡璃感到渾身冰涼。

胡琇笑著問道：「姊姊，咱們來青丘是爲了什麼？」

胡璃閉上眼。就爲了一個夢，那夢已經在他們觸手可及之處。

「姊夫還在等妳回去吶，別讓他獨守空閨太久，省得湖中的魚美人把他拐了去。」

胡璃哽著聲音罵道：「貧嘴。」

「嘿嘿！」胡琇抱著胡璃的手臂沒鬆開，貼身和她說個祕密：「姊，我可是吃了狐王的肝膽，而且我有陸兄的護心咒，除非被萬箭穿心，否則我不會死的。我去鬧一鬧毛氏女，很快就會回來。」

胡璃這才同意胡琇領軍抗敵。

翌日清晨，天還未亮，胡琇帶著百名新丁，昂揚走出城門。

秦媚至今還記得少年的笑容，燦爛得足以照亮黑夜。

胡琇率軍突襲毛氏軍，破空的那一箭只有劃傷毛姬的臉，沒能刺殺她。

被毀容的毛姬捂著血目，瘋狂指著胡琇，喊著「殺、殺、殺」。

胡琇變身成紅色大狐，宛若生前的狐王，人類士兵的鐵矢如雨飛來，噗哧、噗哧，在紅狐身上扎出無數血洞。

然而，身受萬箭，紅狐卻退也沒退，反倒往人類士兵衝撞過去，將軍隊的陣形衝散大半；又向天噴出狐火，羽族被逼得四散。

敵軍被大狐擊退三十里，換得胡家軍撤退回城的機會。但迎戰的狐族也明白了一件事，這場戰事敵眾我寡，貧弱的他們不可能贏得了。

狐族帶著滿身是血的小將軍回城時，還能聽見毛姬嘶啞地大笑。

「只要你們交出胡璃那個賤婢，我就饒你們一條小命！」

打開城門，胡璃跌跌撞撞迎上去，不敢相信那個裹在草蓆、血肉模糊的少年，是她活蹦亂跳的胞弟。

「阿琇！」

「姊姊，我好痛……」

胡璃推開左右的扶持，俯跪下身。她不顧大軍來襲，什麼也無法去想，只想要挽回她弟弟的性命。

當胡璃要將凝聚她妖力的內丹渡入胡琇口中，胡琇卻在她雙脣覆上的同時，猛地睜開眼，用盡全身的氣力反將自己即將散失的內丹吐入胡璃口中。

胡璃抵死抗拒，胡琇的舉動和自殺沒有兩樣。奈何胡琇不讓她掙開，直到內丹化入胡璃體中。

胡琇含著血沫，得逞一笑。他先前貪婪吞下前任狐王的肝膽，並非一時嘴饞，而是早有預謀，爲了將力量獻給他美麗的姊姊。

胡琇本來打算死皮賴臉也要待在姊姊身邊，蹭吃蹭喝一輩子。但他也好好想過，如果危難之際，姊弟之中只有一個人能活，他要姊姊活下去。

「姊姊……對不起吶……我先睡一會……」

「阿琇，不行、不可以！」

胡琇伸手，胡亂抓住胡璃藏在胸前的紙人。

「陸兄……姊姊就……拜託你了……」

胡琇垂下手，在胡璃懷中化作染血的紅狐，閉上眼，動也不動了。

第十一章　十面埋伏

毛嬙發動禁術，將時空與千年前古戰場連結起來，碧青的晴空染上不祥的血色，好似血盆大口，無聲地向所有狐子獰笑：「一個都逃不了。」

秦媚犧牲自己讓秦麗先走，可是兩位大狐帶著秦麗奔逃不到城門口，又遇上來勢洶洶的追兵，成千上百的人類骸骨緊追著秦家隊伍。

看來敵人早已鎖定秦麗，就是要致秦家的兒女於死地。

秦落雁大吼：「少主，你到底得罪毛氏那小子什麼！」

秦飛燕逼問：「從實招來！」

秦麗來青丘之前，原本是個跑不到三百公尺就氣喘吁吁的弱雞，現在的他已經能一邊拔腿狂奔，一邊應付長輩的吐槽。

「爲什麼我被追殺還要罵我！」

秦麗心裡很是受傷，以爲毛嬙很崇拜他這個哥哥，他也努力模仿胡理，像個好大哥百般關心他眼中的小弟，沒想到毛嬙會討厭他。

兩位阿姨忍不住教訓識人不清的秦麗：「早在他誘騙你謀害胡家長子，你就該明白毛氏居心叵測。」

秦麗身子僵了下，害胡理破相瞎眼一直是他心底的瘡疤，以為不要去想就能躲開，但就算他不肯承認，錯了就是錯了。

急行當中，秦麗聽見古怪的口哨聲，一長二短，接著死去的人類士兵唱起歌來——

我徂東山，慆慆不歸。
方何為期？胡然我念之！
妖夷亂人，胡為胡去。
軒轅戰蚩尤。

秦家兩位大狐不甘示弱，引吭高歌——

人道桃源好，
不知桃源多紛擾。
陽關道、獨木橋，
貪心蛇吞象，

寧如參與商。
一將功成萬骨枯，
田園將蕪胡不歸？

秦麗不懂兩個阿姨爲什麼也跟著唱起歌來，不知道一旦被亡者的牽魂曲勾住心神，靈魂就會被帶往彼岸。

兩名狐女身經百戰，知道人類從眾的性格。等她們引著亡軍唱完一段，口哨聲再次響起，眼利的她們鎖定住那個帶頭發令的死人，就是亡軍的將帥。

「落雁，妳有身孕，妳留下。」

秦飛燕變身爲橘狐，飛身竄入軍中，咬下死人將軍的頭顱。

口哨聲卻再次響起，咻——咻——咻！兩長一短，死人不再唱歌，反向包圍住狐女，白骨手扒住她的毛皮，張口啃食她的皮肉。

「飛燕！」

「帶少主走……」

秦落雁望著落難的同伴，又看向離他們不再遙遠的城門，無法抉擇。

「我不走！」秦麗大喊，這一吼帶著妖力的共鳴，連帶死人軍隊也停下動作。

這一路上，秦麗始終被兩位長輩阿姨護在身後，他很討厭這樣的風景，卻因爲怕受傷繼續選擇躲在她們背後，但他已經受夠了。

秦麗變回合手大的金毛小狐，然後鼓起雙頰，像是吹氣球一般把自己吹大，在他把自己吹成廂型車大小的時候，亡軍的口哨聲再度響起。

秦落雁趁機把秦飛燕從死人口中救出，一邊爲姊妹治傷，一邊看著爲她們擋下攻擊的秦麗。

「飛燕，妳說，少主會不會是音痴啊？」

「很有可能……」

秦麗無感牽魂歌的危險，像是金色的炮彈，蠻橫揮舞四爪和毛尾，橫掃亡軍。

兩位狐女第一次生起這麼一個念頭：或許她們少主長大以後，會是個強悍的戰士。

可惜在秦媚大娘溫柔的保護網下，少主應該不會有成長的機會。愛之反而害之，雖然殘酷，卻是事實。

就在秦麗幾乎要踏平死人的時候，惡犬的呼嚎響徹雲霄。

金毛大狐顫了下，流涎的屍犬蜂擁而至。

秦麗聽見身後傳來高亢的吟哦聲，在狗群接觸到秦麗之前，平空燃起一道火牆，嚇退狗群。

「得請祝融庇佑！」

待秦麗眼中火光褪下，他才看見胡理那身白袍，以及他臂彎抱著的黃毛狐狸。

秦麗凝視著黃狐，母親還在，太好了。

秦家的狐女雖然不太樂見胡家子迎頭趕上，但生死關頭，能多一點幫手，也就多一些活下去的機會。

「阿理，好多狗，你還好嗎？」箕子認識胡理多年，有些擔心畏犬的王子殿下。

胡袖搶先代答：「我會保護哥哥！」

胡理深吸口氣，說不怕是騙人的，他光是聽見狗叫就會心悸不止。

但是不趕緊幹掉這些禁術所生的怪物，就是把青丘城中柔弱的小狐崽暴露在惡犬的威脅之下，他無法忍受。

胡理開始編織戰術，召回前線發抖的金毛大狐。

「阿麗，回來。」

「我爲什麼要聽你的話！」

「回來。」胡理叫了第二次。

秦麗悶著頭，縮回金毛小狐的模樣，踱步回胡理腳邊。

秦家的狐看到這畫面，眞不知道她們還在比什麼？少主完全就是胡家長子的小弟。

胡理把半昏睡的黃狐放到秦麗身旁，讓秦麗能在這短暫的空檔和母親說說話。

秦媚嗅見孩子的氣味，張開雙眼，舔了舔秦麗受傷的毛皮。秦麗伏在母親腳邊，嗚嗚低鳴。

「首先，現在環境很不安全，必須先將傷員帶往青丘城。」

秦落雁捧著陣痛的肚皮，哼笑一聲：「是啊，剛好秦家的狐活該倒楣，棄權作你上位的踏腳石。」

秦飛燕也帶傷補上一句：「好吧，一不做二不休，少主也跟著我們去叩城門。胡公子，你說好是不好？」

「落雁、飛燕，休得無禮……」秦媚虛弱地喝斥，「妳們難道不知道眼下的情況嗎？把私心放在社稷之前，有什麼資格為王？」

秦大娘說的是，但秦家狐女還是不服，弄出這些死人把戲的傢伙可是另一個候選者，人家一心朝著王位前進，也很可能快要贏得勝利。

「妳們可以帶著阿麗先走。」胡理臉上波瀾不興，好像宗主之位只是他貼滿牆的紙獎狀，掛不上，擱下便是。

秦家狐女正要應下，胡理又不冷不熱加上一句話。

「都城有宗主大人守著，很安全。」

宗主爲了子民的安危，病重之際仍是死守著城池，不讓亡靈侵犯生者。這時候還在計較，正顯得小家子氣。

「你是什麼意思？我們秦家爲青丘付出多少？你一個胡崽子懂是不懂？」

「謝謝妳們，我很感激。」胡理屈身行了大禮，沒有一絲摻水的虛情假意，反倒讓秦家的狐不好發作。「但我眞的沒有那麼想要妳們付出心血的國家，我只要能守著宗主大人就夠了。」

所以在解決外患之前，胡理粉身碎骨也不會進城，沒有顏面見美人。

秦媚吁了口長息，人家以爲她忠心耿耿爲國家奉獻犧牲，其實她千年來只是爲了等待胡理這句話。在宗主大人失去胞弟和情人後，終於出現眞心愛著璃姊的男子，太好了。

「落雁、飛燕，跟我走吧。」秦媚招來姊妹，這回秦家狐女不再怏怏不平。

秦麗睜大紫眸望著秦媚，母親似乎漏了他的名字。

秦媚怎麼可能忘了自己的崽子？她只是決定不再緊抓著不放，要從喪女的悲痛走出來。

「阿麗，你要怎麼做？」

「媽媽，我想留下來。」

「好。」秦媚點點頭，含蓄地贊同秦麗的勇氣。「阿理，我們家阿麗就拜託你了。」

秦媚削下一綹秀髮，點火燃盡，餘下一抹青煙，她與兩名狐女跟著消散的青煙，從戰場上撤退消失。

秦麗吸了吸鼻子，沒給他感慨分離的時間，犬嚎聲已經兵臨城下。

叮叮咚咚，黑色洋裝的少女撐著蕾絲洋傘走來，鈴聲來自她手中的搖鈴。長年在諸國旅行的她，總是有一些防狗的祕方。將狗鈴結合她的媚術，狗會回到生前最快活的時候。趁狗陷入回憶，她就能平安逃出惡犬的尖牙。

犬嚎聲停下，當胡理那雙碧色美目看向少女，少女漾出甜美的笑靨。

「阿理表哥~小鴉鴉來投奔敵營啦！」

「小鴉，毛嬙和夜錦呢？」

鴉頭不難發現，胡理心心念念都是他的小弟和妹子，和毛嬙那個自我中心的瘋子對比強烈。果然自己還是比較喜歡溫柔的好狐狸。

鴉頭把毛嬙施術的事大略說過一遍，她原本要帶受傷的夜錦去城中找宗主救治，夜錦卻半路掙脫她的扶持，執意要去把作亂的毛嬙找回來。

鴉頭無法，本想直接棄賽回城中睡大覺，可是遠遠地瞄見胡理那身白裳，還是忍不住趕過來幫忙。

「小鴉，謝謝妳。」

鴉頭愉悅地仰起臉蛋，這才對嘛，無微不至地被放在心上關照，當他的王妃一定會過得很爽。

「妳的鈴聲可以停住亡犬的行動多久？」

「三分鐘。」

「好。」胡理從背包拿出一綑紙筒狀不明物體，命令在場三狐一人往安全線退去。「小袖，等一下哥哥點燃引信，妳就用力往狗群扔。」

「嗯！」

為了確保射程，胡理拿出珍藏的肉乾，餵食好小妹。胡袖吃了肉，雙眼迸射出精光，能量補充完畢。

「阿理，那個……」

「箕子你站旁邊一點，小袖要丟了。」

「哦，我只是想問那個很像炸藥的東西是什麼？」

「不是很像，就是炸藥。」

胡袖掂了掂手感，以標槍國手的標準姿勢將炸藥拋射出去，不偏不倚落在狗群中間。一聲巨響，強烈的爆炸能量將陰魂不散的亡犬吹拂成沙塵。

不費吹灰之力，靠著高中化學知識一舉滅掉狐狸天敵的胡理，只是沉靜地垂著眼，收起手上的打火機。

箕子在塵土飛揚的爆炸中，弄懂一件事。

「阿理，難怪你要支開你那些阿姨們，你想炸很久了吧？你這個隱性反社會人格美少年。」

在場的年輕小狐看多了漫畫和電影，不覺得爆破場面有什麼稀罕。但換作是活了上百年的長輩，任何破壞性的舉動都會讓她們生起不信任感。胡理為了未來治理國政著想，必須維持他文靜優雅的良好形象。

「路途艱險，我只是帶著防身。」胡理死不承認。

沒給他們閒聊的時間，地面又劇烈震動起來，這已經是胡理來青丘遇上的近百次地震。但他聽宗主婆婆說過，諸妖諸國所在的原始大陸就是一塊鐵打的陸地，沒有板塊運動。鄰近也無火山地形，一定有什麼無法用人世經驗法則判斷的事件要發生。

風沙揚起，巨大的黑影浮現在胡理一行人前方。乍看之下是隻黑色大狐，仔細看才知道大狐身上的黑色不是毛色，而是皮毛被焚燒過的焦黑。

黑狐發出痛苦嘶吼，原本像是墨暈模糊不清的輪廓也逐漸具現成讓人感覺壓迫的實體。

「它應該是千年前戰死的狐王，原本的毛是紅色的。」箕子大概能聽出黑狐嘶啞的話語：滾、離開、不准踏入我的土地。「已經痛了那麼久了嗎？真可憐吶。」

胡理為首等若干狐狸，無聲看著箕子這個純人類道士，竟然比他們更了解死去的狐在想什麼。

「呃，一世紀以上的神鬼妖，算是我的能力範圍。」箕子不太習慣成爲注目的焦點，私下跟胡理聊天打屁才是他的長項。

「箕子，我想請你幫忙。」

「阿理，儘管說。」

「你能否勸降它？」

既然是胡理拜託，箕子站上前線，還沒開口，就被黑狐噴出的狐火逼退三步。

箕子狼狽拍去道袍上的火花，另行建議：「阿理，我想還是得打贏它，才能打破陣眼。」

「怎麼做？」

鴉頭抬起食指，出賣毛嬙的毒計：「頭骨，他偷了狐王的頭骨。」

胡袖瞇起眼，從狐王黑濁的右眼發現白骨的存在。她抽箭引弓，瞄準射出，箭矢卻在碰觸到狐眼之前被黑氣吞噬。

黑狐被這一箭驚動了精神，開始尖銳咆哮，然後視線定睛在遠處的青色城都。

我的土地、我美麗的王國……黑色大狐無視底下的小狐狸們，往青丘城移步，所到之處草木就像是中了毒，瞬間枯萎死去。

很不幸地，事態走向胡理最不想看見的發展。

「我想，這就是小毛想要的結果，毀滅他痛恨的國家。」鴉頭一臉痛心疾首，這樣大家就會忘了她是毛氏的傍身，不會把她當作是共犯了。

「小鴉，我需要妳。」胡理請求道，害鴉頭沒能繼續譴責犯人。

「什麼事？辦好後會給我當王妃嗎？」

「抱歉，我比較喜歡像宗主大人那樣的成熟女性。」胡理客氣地回絕鴉頭的表白。

「爲什麼突然又誠實起來？不怕我不幫你嗎？」鴉頭怏怏抗議，拎起她的蕾絲傘，作勢要走。

「聽說狐王生前喜歡美麗的少女，我希望美麗的妳能引開它注意。」

鴉頭明知這是胡理請她入甕的恭維，眼角特地瞥向綁著長馬尾、全身散發著野性美感的胡袖妹妹。狐女之間不比較一下，就不是狐女了。

胡理微笑：「妳不僅漂亮，還很聰明。」

鴉頭勾起脣，這下子滿意了。

「阿麗。」

「幹嘛？」秦麗臭臉回應，竟然都跟別人說話，現在才理他。

「你來打狐王。」

秦麗怔住，搖頭也不是，答應也不是。

「當鴉頭引開狐王的注意，你就從它的死角衝撞上去，小袖會支援你。」

「為什麼是我？你自己不會上去打嗎？」

「很抱歉，我無法巨化。不過我保證，你要是死了，我會陪你死去。」

箕子拉過胡理，悄聲說道：「為什麼你不跟他講，戰場需要指揮的統帥，才有可能擊敗實力懸殊的敵人？」

「秦阿姨把孩子託付給我，他要是死了，我也沒臉活著。」胡理認真不過。明明腦中的計謀不輸給毛氏小狐，但他每次做的選擇都不像聰明人的決定，動不動就把自己押上去。

「阿理。」

「箕子，如果狐王被打敗，你能不能超渡它？我希望它能安息。」

箕子不敢拒絕，但還是忍不住抱怨兩聲：「你就只對我理智。」

胡理握住箕子的手低語：「我也會為你死。」

箕子認識胡理不算短了，但被他這麼一撩撥，頭都昏了大半。箕子很懷疑，胡理是不是把五百年妖力全點在「媚惑」上頭。

胡袖再度引弓射箭，把狐王的注意從城池引來小狐狸們這邊。

鴉頭撐開傘，開始跳舞，乾枯的土地隨她的舞步綻開七彩牡丹，成功定住狐王的目光。

秦麗猛吸口氣，陡然變身成金毛大狐，前爪揚起，帶著乘坐在他頭頂的胡袖俯衝向前，使勁撞上狐王。

「阿麗，懶趴萬！」胡袖對秦麗激勵吶喊。

金毛大狐與黑色狐王撕咬起來，金狐被狐王的利爪劃傷臉，嗷嗚發出慘叫，但他卻沒有停下動作，大口咬住狐王的脖頸。

胡袖舉起長槍，奮力刺穿藏在狐王右眼的頭骨。

頭骨碎開的同時，箕子吟哦渡亡的法咒，悠長的歌聲綿延血色的平原。

當狐王不再掙扎，胡理來到它腳下，向它請命。

「陛下，我們比你還強，足以保護狐之國青丘，請您安息吧！」

千年前，沒有人對孤軍奮戰至死的狐王陛下這麼說，如今，胡理向它振振立誓，它終於可以拋下執念，安心倒下。

狐王巨大的形體化爲粉塵，頭骨碎了一地。

「陛下，把你葬在此處，終年守護青丘城，可好？」胡理柔聲問道，頭骨碎片之間長出綠苗，隨風搖了搖。

金毛大狐搖搖欲墜，強撐著意識，先把胡袖安全放下來，才往他心中認定能依賴的人兒倒下。

胡理牢實接住脫力的秦麗。秦麗想說「放開我」，到嘴邊卻變成一聲軟趴趴的「好痛」，如果胡理沒有抱緊他，一定更痛。

秦麗本來想罵胡理幾句，卑鄙、無恥、撿尾刀，說出來卻是軟弱的真心話。

「大哥……留下來……好不好……」

秦麗直到這個地步才明白自己參加遴選的真正原因是什麼。如果他是宗主大人就好了，當年不管胡理要不要當什麼狗屁人類，他都不會放胡理走。

胡理指著狐王的頭骨，秦麗困惑看著他。胡理很抱歉不小心用隱喻來說明，他想表達的意思其實很簡單。

「好。」

秦麗得償所願，這才安心倒下去。

♛

毛嫱終於望見那道碧青色的城門，門上掛著尚未摘下的玉穗。

成功在即，深沉如他也不禁露出孩子似的笑容。不管宗主喜不喜歡毛氏，另外兩個都死了，只能選擇他，只剩他了。

他還記得他被胡理拋棄在狐圈的時候，毛氏族人成天在宮外吵著，說無子的宗主強搶崽子，快把毛家的小狐交出來。

宗主來到狐圈，抱起瘦弱的他，問道：「毛嬙，你要回到母親身邊嗎？」年幼的他什麼也沒想，一聽見「母親」，趕緊點頭應下。

可是母親要回他，卻把他扔去溝裡自生自滅，從此他的世界再也沒有亮光。

說來這都是胡理的錯，如果胡理表哥沒有丟下他，仍是留在宮中細心關愛著他，他絕對不會回毛氏，也就不會遭受母親的殘忍對待。

毛嬙愉悅地想像胡理被狐王咬成兩半的悽慘模樣，只要胡理表哥死了，就不會再拋下他，也不會討厭他了。

就在毛嬙走向他眼中幸福的康莊大道，無心注意草叢後傳出的嘶鳴聲，猛然一隻黑狐從旁撲上他，大口咬破毛嬙的肚皮。

毛嬙的黑袍子滲出濃稠的血液，他喉頭嘎嘎作響，喊不出痛，只是驚恐看著嘴邊流滿血的黑狐化成一名禿髮的女人，面容腐爛見骨。

「媽……媽……」毛嬙顫抖喊道，女人伸出乾枯的手爪，掐緊他喉頭。

毛嬙計畫大業的時候，沒算到他的生身母親會在遴選之際從牢中脫逃，帶著恨和殺意來到他面前。

「我……怎麼會生下你這個……可恨的孽種……去死吧！」

毛嫱呼吸困難，無力揮舞細瘦的手臂。

不可以，他就要當上宗主了，怎麼可以死在這裡？

「住手！」

夜錦大喝一聲，拉開壓制在毛嫱身上的瘋女人，不顧自己的傷，只怕女人再傷害毛嫱半分。

「阿姨，妳好好看看，毛嫱就要當上王了，不再是妳眼中無用的孩子，妳可以爲他感到驕傲！」

禿髮女人發出粗啞的怪叫，她意識不清，但咒罵自己的孩子仍是口齒清晰。

「驕傲？我看了他就想吐，恨不得他去死！我就是生了他之後才會變醜！青丘本來就是我的，誰准他這個下賤的畜生去碰！噁心、噁心、噁心！」

毛嫱咳嗽著，鼻水和眼淚被窒息的痛苦給嗆出滿臉。他千算萬算，忘了他的生母毛姬也是歷經過千年之戰的狐，理智受到禁術強烈影響，過去的慘痛失敗和被兒子囚禁的屈辱，終是讓她完全瘋狂了。

可毛姬就算瘋了，也是能與宗主比拚的千年狐狸，負傷的夜錦箝制不了。毛姬就像是飢餓的野獸撲咬住毛嫱掙扎的脖頸，打算把這個從她肚裡出來的孽種吞食殆盡。

毛嬙哭著喊痛，夜錦實在沒有辦法，只能揮刀割斷毛姬的喉嚨。

毛姬尖叫一聲，鮮血從她的傷處和口腔噴濺出來，一雙混濁的眼睜大對著夜錦，似乎不敢置信曾經叱吒風雲的她最後竟栽在一個無名小狐狸手中。

夜錦看著自己染滿血的雙手，流下淚，和毛姬同時倒下。

「毛……走……快走……」夜錦沒有要毛嬙救她，只是催促毛嬙上路。

毛氏向來如此，只看得起比自己高貴的狐，所以毛嬙眼中只有母親、宗主和幾乎被視爲王子的胡理表哥。像她一個依附毛氏的小姓，毛嬙從來不把她放在眼中。

夜錦自知不太聰明，到今天才看明白一件事：毛嬙並不需要她。

但夜錦還是對毛嬙綻開笑，她想要保護這個小弟弟的心意從來沒有變過。不須旁人認可，自己明白就好。

「毛……不要怕……只要你當上王……大家就會看見你的好了……」

毛嬙腦子裝滿痛苦和仇恨，不覺得夜錦爲他的犧牲有什麼，看也不看夜錦，捂著受創的肚子，咬牙前行。

終於，成王之路，只剩他一隻狐，明月獨上樓。

毛嬙不想記起他和同是孤子的夜錦相互依偎的夜晚。他被拋棄過那麼多次，不願意再跟誰好上，就算夜錦總是對他露出憨傻的笑容，也絕對不給她一絲好臉色。

夜錦只跟他抱怨過一次：「不要只想著胡理表哥，我也對你很好啊！」

他聽了只覺得愚蠢而可笑，最後跟夜錦說的話，好像是「妳很礙事」。

他腦中浮現胡理稚嫩而溫柔的話語，他心中僅有一點的美好價值，全是胡理教給他的，所以胡理對他意義非凡。其他有父母疼愛的狐一定不明白，但夜錦一定能明白，他卻從來沒有告訴過她。

年幼的胡理對他諄諄教誨：「毛毛，等你長大，如果遇見真正珍惜你的人，一定要好好珍惜對方。」

他明明記得一清二楚，卻又忘得一乾二淨。

他就要當上王，所有狐都要臣服於他，只是夜錦不在了……

他眼前模糊一片，再也看不清前路。

無法前進，毛嬙只能拐著腿折返回來，不見毛姬，只有伏地喘息的灰色小狐，毛皮被抓咬成如一件破舊的灰毛衣。

「夜錦……拜託……睜開眼睛……」無論毛嬙如何哭求，夜錦都沒有回應。

他抱起灰狐，輕得像是空殼。都怪他把夜錦和卑劣的母親丟在一塊，夜錦內丹被搶走了，不僅無法再化身成人，連性命都保不住。

毛嬙抱著小灰狐，跌跌撞撞往城門跑去。

「宗主大人，毛嫱知道錯了……請救救夜錦……」

但是不論他怎麼哭求，都得不到青丘城的接應，大概他說了太多謊，沒有大狐願意相信他，以爲這是他使出苦肉計的詐術。

傷重的他再也支撐不住人形，化成黑狐撲倒在地，但仍是努力咬著灰狐，想把她帶回城裡。

小黑狐終是耗盡最後一分氣力，怎麼也抬不起爪子，只能偎在抽搐的灰狐身旁，淚流不止。

到頭來，他只想得到一個人。

「阿理哥哥……」

應毛嫱的祈願，胡理白衣勝雪，翩然現身。

胡理蹲下身，把小黑狐和小灰狐一起緊擁入懷。

毛嫱半睜開眼，還以爲是夢。因爲兒時的他不管怎麼呼喚，遠走人間的胡理都沒有理會他。

「毛嫱，哥哥回來了，你不要怕。」

「夜錦……」毛嫱爪子抓著胡理的白裳，反覆都是同一個名字。

胡理看了身邊的人，探問一句：「你們應該不介意以後的王少了幾條尾巴吧？」

「不會，哥哥最帥了！」

「阿理，會短命喔。」箕子提醒一下，但沒阻止胡理。

胡理把白尾切下的時候，鴉頭忍不住閉上眼。她想，還是不要當王妃好了，她對胡理沒底限的付出有些承受不了。

胡理把一尾放在黑狐懷中當小抱枕，另一條白尾融入灰狐的身軀，讓她微弱的呼吸穩定下來。

胡理給小灰狐止血包紮，拜託鴉頭帶重傷的夜錦到人間看獸醫，相信秦家和賣雞排的胡家都會給予幫助。

鴉頭畢竟有著與夜錦共事多日的情誼，就算冒著無法看見胡理表哥登基大典的風險，還是應承下來。只是她看失去雙尾的胡理，左手扛著力竭睡倒的金毛狐狸，右手抱著哭昏的黑毛小狐，忍不住問表哥該不會想帶著兩隻候選狐狸進城？還是打從一開始，他就是打算這麼做？

胡理垂著眼，溫柔地說：「都到了我手上，要我怎麼放手？」

鴉頭搧了搧眼睫毛，大概終點快到了，這個貌似溫文儒雅的男孩子終於向她露出一絲本性。

鴉頭帶著夜錦去人間就醫，照理說胡家三兄妹可以肆無忌憚唱起凱旋的歌曲，但就連胡袖也沉著一張臉，戰戰兢兢。

「阿理，我總覺得好像有什麼事還沒完。」

「嗯。」

胡理來到眞正的城門前，那種被監視的感覺愈發強烈，他手中的黑色小狐無意識地嗚嗚兩聲。

胡理腦中閃過數個念頭——

毛嬙和人類術士合謀。

術士是申家所聘。

申家心心念念，就是胡理這帖良藥。

胡理突然失去知覺，像是被絲線纏上，定住腳步，耳邊響起老者乾啞的嗓音。

——小理，快來跟阿公作伴，阿公好想你。

來自人間的詛咒，藉由相連的血脈發射而來。

在胡理反應過來之前，已在腦海中演練無數次的胡袖，張開雙臂，橫身擋在胡理身前。

「小袖！」

當承載惡意的箭矢就要貫穿胡袖的胸口，她胸口竄出由箕子手繪紙卡變成的白狐、紅狐和小雞子，一起咬住那支飛箭。

三隻小動物齊心合力，箭尖就這麼停在胡袖的鎧甲上。

胡理和胡袖還驚魂未定，箕子拖著差點軟掉的雙腿走來，折斷那支箭，瓦解詛咒。

胡袖猛地起身，撲抱住箕子，害箕子受寵若驚。

「阿理，你沒事吧？」

「有點想吐……」胡理凝視著被射穿的白狐、紅狐和小雞紙卡，有些捨不得。

「我就說吧！」箕子有些得意。

「謝謝你救了我和小袖。」

「不用客氣，以身相許就好。」

胡理毫不意外箕子沒營養的話語，這時，他們腳下的土地再次震動起來。與先前的地震不同，胡理感覺到宗主的氣息。力量的波動像是徐徐微風，將籠罩在青丘城外的戾氣驅散開來。

然後轟隆一聲，好像有什麼被引爆，地震才完全平息。

箕子喃喃問道：「結束了嗎？」

結束了，胡理明白，這是宗主大人最後對他和國家的守護。

胡理左右抱一隻小狐，沒有空出的手。

「你們兩個，過來，靠我近一點。」

不用胡理叫第二次，胡袖和箕子用力撲抱上去。

歷經數度生死交關，不免產生某些精神壓力的後遺症，好比胡理有感日後一定會更疼這兩隻喜孜孜抱住自己撒嬌的笨蛋弟妹。

胡理以脣輕觸青玉穗花，城門開啓。

第十二章　最後一夜

城門咿呀開啓，數排黃土洞穴紛紛冒出狐頭，忍不住窺探最終勝出的新王。

那是個男孩子，第一眼看上去優雅又漂亮，穿著一套宗主偏愛的白袍。他蹣跚走進城中，身上抱著黑金兩色的小狐，跟著紅色鎧甲的美麗少女，身後還有一個道士打扮的少年。

「各位鄉親大家好，我是胡理，以後請大家多多指教了。」胡理主動向半縮在土穴的狐狸們微笑問安，似乎覺得這樣還不夠禮貌，眼角又對大家彎了彎，免費放送秋波。

「請多多指教了。」箕子朗聲應和。

「嗷嗷！」胡袖跟著熱情助陣。

狐民們小心翼翼確認過新王和他的年輕隨扈沒有惡意，土穴才變成一棟棟雅緻的歐風房舍，前有庭院，後有花園，青色屋簷下還養了鳥。

雖然他們還不熟悉胡理的爲人，但至少知道這回青丘之國的危機是由這個少年挺身解危。雖然狐狸是公認膽小怕事的妖怪，但禮尚往來這點道理他們還是懂的。

狐民化爲人身，一個又一個伏地跪了下來。從今以後，願意追隨以命守護國家的新王。

胡理臉上沒有被膜拜的喜悅，但也沒有承擔不了的退怯，只是溫和地回應他的子民。

「不必這樣，都起來吧。」

胡理將手上的黑、金小狐托給箕子抱好，然後低身扶起手邊的狐，又誠摯地握了握對方的手爪。

「很抱歉，今日不能和諸位多聊，我現在除了去見宗主大人，心中再也無法裝下其他。不過，請不用擔心，我們以後多得是時間。」

胡理對眾狐拜了拜，箕子和胡袖跟著施禮。

狐狸們看著胡理曳著白袍子往王宮邁進的背影，小腦袋轉過許多念頭。

狐好讀人史，人類帝王總由擅長鬥爭的王子勝出，勝了卻把國家治得一團亂，誰教仁民愛物的一方總是無法在爾虞我詐的政爭中贏到最後一關；或是像他們宗主大人，失去所愛、碎了心，才換得清冷的玉座。

但他們的新王卻是笑著來到他們面前，身旁還伴著他的手足，溫柔地說要帶給大家幸福。不像眞實存在，像是神明的禮讚。

今天開始，可以安心作夢了。

胡理來過王宮，青丘的王宮好認，前排一片竹林便是。

紅木搭建的木造宮門，採開放式設計，歡迎子民隨時造訪，王也能隨心所欲進出，君與民沒有多大差別。別說妖世，連人間也很少見這麼親民的王府。

胡理穿過竹林子，進到王宮，來往的宮人也沒有向他們攔查。他依兒時的記憶，熟門熟路走到宮中幼狐的狐圈，請醫官照護他手上的小金狐和小黑狐。

胡姓醫官很爲難，都那麼大隻了，不再歸狐圈管，應該像隻成狐自立自強。

「這裡是他們長大的地方，在這裡歇息，他們會比較安心。」

如胡理所說，當他把秦麗放上小竹床，秦麗立刻睡得翻肚子。而黑狐無意識地攀住胡理的手臂，不肯放開，胡理再三保證他不會離開，才把在睡夢中總是濕著眼眶的毛嬙裹進被子。

胡理又向宮人要了一間客舍，安排給箕子休息。

而胡袖對胡理拍拍腰間的劍，不管胡理要和宗主婆婆聊多久，有她看著宮門，不會有人來打擾他們。

「小袖，謝謝妳。」

胡理望向未點燈的深宮，醫官悄悄拉住胡理的袍袖。

「殿下，宗主大人……恐怕快不行了。」

「我知道了。」

面聖前，胡理先去浴池沐洗，赤身讓宮人為他修剪十指和腳趾甲，換上曳地的白緞長裳，頭髮以白玉簪束起短髻，全身上下都是她喜歡的素白。他只用指尖沾了一點胭脂，抹上脣角，才不致於讓銅鏡中的微笑看起來如此沉痛。

胡理獨身走入一般宮人無法踏足的內宮，人間長大的他卻比誰都還要熟悉內宮的擺設，夜夜都會夢見。

來到寢宮門前，胡理將手搭上雕繪竹林與賢人的紅木門板，卻無法推開。門鎖了，而不管他如何呼喚，都沒有傲然的女聲應門。

胡理白裳下晃出一條長尾，即是宗主大人從小放在他身上的那一尾。他屏住呼息，將自己的氣息幻化成那一位冰晶般的美人。

紅木門板開啟，胡理用狐尾成功騙過法陣，讓它把自己當作宮室的主人。

胡理輕步走入白石鋪排的房間，這座王宮眞正的主人、他心目中總是昂然挺立的白髮美人，倒臥在中央的水晶鏡上，鏡面淌著斑斑血淚。

「不要走……」

為了保住王城子民的安全，將自己獻祭於惡夢之中，放眼妖界諸王，也只有青丘宗主如此不計犧牲。

而她都病得這麼重、都要死了，還是心心念念她的國家。胡理不敢去想，這千年來她為狐族付出多少。

胡理過去跪坐在宗主身側，從背後摟抱住她。

她作了一個夢，千年來不敢去想的悲夢。

她最疼愛的弟弟死了，而她只能抱著紅狐的屍身號啕大哭。

不管周圍的狐怎麼拉扯、乞求她離開這座破城，毛氏女已經領著大軍壓境，絕對不會饒她性命。

她哭得聲嘶力竭，什麼也無法去想，也就沒有注意青影的到來。

「阿璃，不要哭。」道士曳著青袍，佇立在她身前。

她聽見熟悉的嗓音，但她實在痛得無法反應。

沒想到道士從她手中搶過紅狐鮮血淋漓的屍身，一把火燒了。

「你做什麼！」

她撲上去，像隻野獸撕咬著這男人，好像道士才是她的殺弟仇人。

「阿璃，妳是王，不要哭。」道士只是淡然重複同一句話，無情得可以。

「陸璣，我辦不到、辦不到啊！」她像是拉著救命繩一般，緊抓著這男人。就算將道士背脊劃出十指血痕，道士依然堅挺站著，不吭一聲。

她不要自己自以爲是的理想，只想回去人間，回到弟弟還在她身邊的日子。

她心痛欲死，直到道士吻了她。

她怔怔垂著淚，從這個吻感受到冰冷的死亡氣息，才想起這男人根本不應該出現在青丘。

「妳辦得到，因爲我來了。」道士輕聲吩咐她身旁的小狐：「帶她走。」

當道士退開，她突然脫力坐倒在地，像是被下了昏睡的咒語，眼皮幾乎無法睜開。她強撐著一絲清明的意識，掙脫小狐們的扶持，半爬半滾拉住那襲青袍子。

「不要……」

「阿璃，妳先歇一會兒。妳放心，我絕不會讓任何人，碰傷妳一根毛髮。」

她發出不曾有過的軟弱泣音：「詛咒……你快回去……回去……」

她記起道士昔時雲淡風輕的笑語——只要離開湖中，陸某即會血脈盡碎而死。

可道士只是溫柔地望著她：「對不起，讓妳哭得這麼傷心，我應該早些來的。」

「快回去……大軍……」

道士似乎聽不見她的哭求，只是一股腦地道歉，把胡琇的死攬在自己身上。

「如果我早點過來，琇弟就不會走了。都怪我，被皇帝那一劍嚇得膽怯，害怕賭上性命之後，妳會像皇帝一樣拋棄我。」

她痛苦地咬緊牙關，早在她傷心難過、只想為弟弟陪葬的那刻，就已經捨棄等候她歸來的男子。

終於，城門被毛氏軍衝撞開來，鐵槍和惡犬擁入城中，再也沒有人可以阻擋他們獵殺狐崽。

道士抽出長劍，搖晃走向城門，獨身迎戰千萬大軍。

「慢，且聽陸某一言，切莫濫殺無辜。」

毛姬張狂大笑：「誰理你啊！」

道士揚起袍袖，看似揮空的一劍，場上卻響起悽厲慘叫。

整排狐頭眼珠大睜，齊齊落在毛姬車駕前。

毛姬忍不住尖叫，指揮她的傀儡大軍快衝上去，殺了那男人！

可凶猛的軍隊來道士面前就像是紙糊的畫人，在道士的劍下化成一灘又一灘的污泥。

毛姬莫名想起人世傳來的滅鬼國故事，泱泱大國，就亡在一個男人手中。

可怕的是，那並不是故事。

毛姬驚懼大喊：「你是什麼人！」

「吾乃陸家風水師。」

胡璃再睜開眼，她所處的世間下起白雪，白雪掩去滿地的血水和死亡，冰涼的雪花拂過她臉龐。

她以爲已經被焚去的小紅狐安靜地躺在她手邊，沒有一絲血污，像是睡著一樣。

她撐起脫力的身軀，望向城中唯一的光源。陸璣背對著她，身上亮著藍白星澤，手指像在畫一幅桃源畫，將城牆鋪排上青玉。

「陸璣……」她沙啞喚道，陸璣停下動作，使得他所建立的新城一隅仍維持黃土塊，沒有完全變成青玉。

胡璃單臂托起紅狐，狼狽拖著沉重的毛尾爬行，只想要離道士近一些。

胡琇給她的內丹融入她的體中，變異之際本質會壓過靈性，她的雙手逐漸化作毛爪，連維持人形都很不容易。

「別過來。」

陸璣側過身子，似乎想看她一眼，又不想被她看見，但她還是發現從他眼角、脣鼻淌出的鮮血。

「你到底……要爲我做多少……才甘心……」

他眼下唯一活命的機會就是殺了她這頭九尾狐，奪取她的內丹，換得長生不老。胡璃心想，最好血肉和臟腑都不要放過，把她全部吃下去。

可是陸璣只是對胡璃笑得無盡深情。

「我命該如此，妳無須掛懷。已經失去手足的妳，沒有力量不可能坐穩大位。」

明明不喜歡把話說清楚，現在卻說得那麼明白，好像怕她不知道他就要走了一樣。

「陸璣……你不在……我活著又有什麼意義……」

「能得美人一句眞情，陸某此生足矣。」

胡璃喉頭發出「啊啊」啞音，像是野獸的痛叫。只會說動聽的話語，和人類皇帝又有什麼兩樣？利用完他，然後拋下他一個人死去。

「死不足懼，我只怕妳日後因爲無上的權位和孤寂變得醜陋。我的狐狸美人，可別讓我認不出妳。」

胡璃嘶啞立誓：「我……才不會……絕不會……讓你失望……」

陸璣又笑了。

雪花輕柔落在胡璃臉龐，一碰就融化成水珠，代她已經流不出淚的雙眼哭泣。

陸璣收了劍，撐起一把破傘，像是歸家的旅人，哪怕他的前路只有亡冥。

「阿璃，永別了。」

她閉上眼，不敢看那人踏雪離去的身影。

從此以後，再也不見。

第十三章　重逢

秦麗醒來，只覺得身體快要解體。

第一次變成大狐狸，後遺症就是肌肉痠痛，嗚嗚痛叫，怎麼也爬不起來。

「還好嗎？」

秦麗感覺一雙溫軟的手給他揉背，舒服得讓他不想起床。

大概過了三分鐘，秦麗才後知後覺地轉過頭，除了他媽咪、他過世的老姊，那種熟悉的順毛手感也只有一個人有，以前在狐圈的時候，他總是要那人摸摸才肯入睡。

胡理穿著代表王儲的白褂，就像是人間的醫師袍。見秦麗醒來，不住露出笑。

秦麗心想，表哥還眞是好看……啊呸呸呸！

「阿麗，你做得很好。」胡理代替秦阿姨讚許秦麗的表現，從今以後，再也不會有狐看不起秦家的少主。

秦麗悶悶地說：「還不是輸了？」

「你守護了這個國家，你母親很爲你驕傲。」

「我媽咪眞的有這麼說嗎？你不要騙我。」

「眞是眞的，她還說下次會帶你喜歡的滷豆包來看你。沒有帶你回人間，主要是因爲把你放在我身邊，她比較安心。」

秦麗看著由衷爲他感到高興的胡理，還是開心不起來。

他從小到大都被保護得很好，經此一戰，才知道原來受傷是那麼地痛。尤其他差點被狐王尖牙劃傷眼的恐懼，現在想來還是會發顫。

「表哥。」

「嗯？」

「我們秦家的狐會說對不起。對不起，我把一隻眼睛賠給你。」

「笨蛋。」

秦麗怯怯望著胡理，以爲他還在生氣。

胡理只是伸過手，隔著眼簾，撫了撫秦麗的紫晶眸子。

「你要我怎麼捨得？」

秦麗別過臉，彆扭得不知道如何是好。

「表哥，我還是……可以叫你大哥嗎？」

胡理沒說話，只是傾身抱住秦麗。舉重以明輕，只要他願意交出眞心，從今以後，天塌下來都有大哥可以扛。

「到底可不可以啊？」秦麗雖然很高興被抱抱，但還是不懂胡理的意思。

胡理開懷大笑，用力親了下秦麗呆呆的眉眼，惹得秦大少主差點害羞到死掉。

「大哥！」秦麗紅著臉大喊。

胡理瞇著眼笑：「嗯。」

胡理哄著秦麗去王宮林苑蹓蹓，躺床久了，須要活動筋骨才能恢復元氣。

他掀開紫羅蘭色的床簾，來到秦麗的對床，對方早在他和秦麗談話的時候已醒來。

毛嬙幽怨地看向胡理，胡理那身純白的王服讓他覺得格外刺眼。

胡理先是溫聲開口：「夜錦沒事，只是需要一段時間休養。」

「誰在乎無能的手下？」

「你說謊。」胡理明白指出毛嬙言不由衷。「你放心，我不會對她究責。」

毛氏狐引外族殺君謀國，這般大不逆罪行殺頭都不夠，誅連親族是常有的事。不過毛嬙一臉無謂，他早看穿胡理這個僞君子，頂多把他判流放、永遠不能踏上青丘的土地，他也不稀罕這塊臭屎爛地。

只是「胡理贏得勝利」這個事實，讓毛嬙感到憤恨不平。

胡理抓住毛嬙的手爪，制止他無意識抓傷自己手背的行為。

「毛嬙，你輸了。」

毛嬙哼笑一聲，他過去的所有努力全都化爲烏有，眞是笑死人了。

而不管毛嬙怎麼掙脫，胡理還是緊抓著他的手。

「你必須遵守約定，做我的左右手，哪裡也不准去。」

「你就不怕又被我捅一刀？」

胡理將毛嬙的手按上自己胸口：「你就是知道我有宗主尾巴護體，不會輕易死去，所以才會這麼亂來，不是嗎？」

毛嬙惡狠狠瞪著胡理，眞以爲他不敢下手。

「不過，要是你想，殺我也未必辦不到。只是你想要的，從來不是奪我性命。你眞正希望的，應該是拿下青丘，贏了我，我就不會再離開你了，不是嗎？」

毛嬙紅著眼，對胡理撲咬上去，將他的喉嚨咬出血來。

胡理任憑脖頸鮮血淋漓，把毛嬙攬入懷中。

「我把一條血肉放在你身上，你痛我也會痛，不會再讓你孤單活著。毛嬙，我們重新開始好嗎？」

「我不要，我只要你去死！」毛嬙倔強抵抗胡理溫言軟語的媚惑，好像把心交出來就能得到幸福。他已經被騙過一次，不會再上當了。

但因爲那一尾血肉相連，胡理能感應毛嬙心裡眞正的想法，他嘴上對自己吐出的恨，全都是學不好的撒嬌。

「從今以後，我會照顧你，不會丟下你。有哥哥在，你就不會再去傷害人了。」

「我才不需要你……可憐……」

毛嬙怎麼忍耐也克制不住溫熱的水珠從眼眶湧出，好像他費盡心思爭奪王位，其實想要的也就是這麼一個懷抱。

胡理抱緊毛嬙，反覆立下咒誓。

「你如果永遠無法長大，我就像宗主大人一樣不生孩子，只守著你。」

毛嬙其實知道自己有理由可以恨母親、恨宗主，而這世間最沒有必要對自己悲慘人生負責的人，就是非親非故的胡理。

可他犯下那麼多不可饒恕的過錯，胡理依然憐惜著他，不後悔與他相識。母親在他身上施下的詛咒，就這麼溫柔地破解開來。

毛嬙反手抱住胡理，號啕大哭。

胡理安置好小狐，就要以儲君的身分與宗主閉關密談，交接王的事務。

他來到林苑的水池，胡袖拿了鐵叉在湖邊捉魚，而箕子坐在一旁的山石垂竿釣魚。箕子那身青衫被胡袖大動作扠魚濺得半身濕，想來魚鉤下的魚群也被胡袖給嚇跑，他卻只是笑著看胡袖跑上跑下。

胡理看了好一會，眞不知道該怎麼說兩個小的情趣。

「小袖、箕子。」

「哥哥！」胡袖放下吃了一半的鮮魚，帶著滿口魚腥味撲向胡理。胡理毫不嫌棄地張開雙臂，抱住味道很重的妹子。

箕子也擱下釣竿走來，細細打量胡理那身純白王袍，尤其讚許下裳開衩透風的設計，長腿若隱若現。

「箕子，很抱歉，回人間的通道已經關閉，你恐怕要待上好一段時間。」

箕子連著擺手，胡理就是會糾結某些小事，沒有想過他的煩惱其實不成問題。

「阿理，對不起，看你忙一直沒跟你說，我師父說會來接我回去。」

「你師父……」

「因爲我嬸婆去鬧他，恐嚇我再不回家，以後不准我跟她姓箕改姓陸。陸子閒，其實聽來也滿好的，但我師父說姓陸會衰三輩子……」箕子好不遺憾。

「可是妖世與人間的通道已經全數關閉。」胡理以爲箕子沒有聽清楚，重申一遍。

「可是那是我師父啊，十八層地獄也關不住他老人家。」

胡理還想說「宗主大人法力無邊，她封了就是封了，人間一隻小蟲也鑽不過來，反正我婆婆一定比你師父強」等等，箕子卻「啊」了聲，視線落在胡理的身後，喜出望外。

「師父！」

胡理轉過身，想要看清總是藏身在迷霧後的本尊，看了卻更加迷惑。

胡理以爲箕子師父只是聲音聽起來年輕，沒想到本人看起來就是個大學生，不比箕子大幾歲，穿著簡便的短版西裝，及肩的頭髮用紅流蘇束成馬尾，身形修長但有些駝背。

箕子像個小孩子，開開心心抱住師父大人。

「哎喲，我可愛的小雞子！」年輕人大笑著，把箕子的頭揉成鳥巢。

「您特別穿西裝過來嗎？好帥喔！」

「我們子閒出師了麼，當然要隆重些。」

這場景活像參加畢業典禮的家長和學生，歡樂得很。胡理插不上話，胡袖湊到胡理身邊看熱鬧。

年輕人揉完箕子，往胡袖看來。胡袖不由得立正站好，挺起胸膛。

「袖袖姑娘，子閒經常提起妳，說妳是個好女孩。」

「箕子哥的師父大人，你好！」

「師父，袖袖很可愛對不對？」

「很可愛。」

狐狸天性就是經不得誇，胡袖當場耍了一套拳腳給箕子的師父看。傳統女子該有的溫柔嫻淑都隨著胡袖威武的拳風給破壞殆盡。

好在箕子就是喜歡這樣的美少女，箕子的師父看起來也很滿意。

胡理閉上眼想，這樣算見家長嗎？

年輕人的目光又投向胡理，胡理總覺得自己一直在對方的視線內。

「敝姓陸，陸祈安，見過青丘太子殿下。」

胡理怔怔注視對方行禮如儀的身姿，有一股現代人少見的溫文儒雅，好像不曾發狠要把他對半砍。

「陸道長，您好，我是子鬅的義兄。」

對方突然笑了起來，胡理問他在笑什麼，箕子代答這是他師父的宿疾，動不動就笑場，好像人生從來沒有煩憂。

「雖然早算到小徒弟和狐妖有緣，但一想到狐狸和小雞子結拜，毛乎乎的，還是有趣得受不了。」

「阿理，看吧，我師父真心覺得我可愛呢！」

胡理不知道該回箕子什麼。雞蛋子，老實說，你就是喜歡奇怪的人對吧？

箕子的師父笑完後，像是隨口提起，向胡理問道：「阿璃在裡頭吧？」

胡理眼皮一跳，青丘上下，所有狐都得敬她一聲宗主，這人竟敢直呼宗主名諱？

「陸某和貴國國主是舊識，還請殿下准許探視。」

「和她是舊故，姓陸又是道士……怎麼可能？」

這些日子，胡理沒有白聽千年前的傳說，不敢置信世間有如此巧合。

「小狐狸，只要你活久一些，再久一些，你就會發現星辰之下，沒什麼不可能的事。」

胡理望著那男人悠然步入深宮的背影，等他從那句像是調笑的教誨中回過神來，才想起他根本沒有答應放行。

♛

「阿璃，我來了。」

胡璃本來半睡半醒，聽見那道溫軟的嗓音還以爲陷在千年前的夢中。直到她看見坐在床側的年輕男子，一如記憶中的和煦笑容，不可置信，卻又不敢伸手觸摸，就怕一碰就散去。

「我眞是眞的，不然怎麼看得見妳衣襟鬆開的豐乳？」陸祈安款款笑道。

胡璃立刻拉緊衣袍，對可惡的道士瞪去一眼。竟敢趁人之危！

陸祈安搧了搧眼睫，一臉無辜。

「當初追我追得勤，如今倒是學會害羞啦？」

「誰追你了？我是相中你的才能，不要顛倒黑白！」

陸祈安忍俊不住，在病榻旁笑得開懷。

胡璃很氣，又忍不住望著他的笑顏。這男人一點也沒變，一來就勾住她心神，到底誰才是狐狸精？

「你怎麼會出現？」胡璃想用宗主的姿態說話，可惜身子虛弱，質問聽來像是小兒女的撒嬌。

「來看青丘的星夜是否如千年前美麗。」陸祈安微微一笑，若有所指。「阿璃，在我眼中，妳更美了。」

「少騙人了……」胡璃把面容埋進繡枕，不想讓對方看見她衰老的容顏。

「多少帝王恐懼死亡，妳卻能堅守君子氣節到最末，很了不起。」

「因爲你說……希望我不要變……」

所以她千年來兢兢業業，一刻不敢懈怠，深怕一不小心犯下的愚行傳到人世去，惹來他失望的嗤笑。

「我也沒能保護好孩子們……小艷、毛氏那崽子……都怪我疏忽……」

「他們有母親，妳已經盡力了，別全攬在身上。」

胡璃並不意外這男人什麼都知道，就像長住在青丘，從未離開她一樣。

「陸璣……」

「我這世叫祈安。」

「我好怕……」

她明知死是自然，可是當大限將至，她開始無故脫力摔倒、夜裡被眩暈累得無法入睡時，還是會無助得想哭。

陸祈安安慰道：「妳不要怕，我也快死了。」

胡璃陡然翻過身來，好好看著她思念近千年的男人。上輩子重病的蠟黃臉色，這輩子也如出一轍。

「真可惜，我這世本來長得還不錯的。」陸祈安遺憾地撫了撫臉皮。

「你……到底得罪了上蒼什麼？」

陸祈安只是笑，好像反覆重蹈的命運不算什麼，繼續閒話家常。

「我跟妳那輩子，死前總想著妳怎麼養大一群小毛球，真可愛。」

「你這人腦子到底什麼做的？」胡璃不想承認，知道他臨死前還想著她，讓她可恥地感到竊喜。

「我今日特別以過來人身分向妳開導，只要死過一次就知道死不可怕。況且能和阿璃共赴幽冥，也是一樁美事。」

「少騙人了，人和狐又不可能一道走黃泉！」

胡璃吼完，才驚覺自己把長年深埋在心底的心意說溜嘴。

陸祈安款款笑道：「阿璃，妳還愛著我麼？」

胡璃負氣轉過身子，陸祈安抬手揉了揉她的額髮。

「傻姑娘。」

胡璃強忍著淚，她已經老了，沒有勇氣再看他一眼。

陸祈安哄著美人：「阿璃，我吹一曲給妳聽好麼？」

「可我腿動不了……不能……再跳舞給你看了……」

「恕我唐突佳人。」陸祈安欠身對胡璃行了禮，然後把胡璃從玉床上橫抱起身。

他沒法騰出雙手吹笛，只能張口哼小曲湊合，任她挨在他脖頸，淚水沾濕他衣襟。

縱然無法相守，但求一個善果。

她在輕柔的歌聲中，闔上雙眼。

陸祈安走出宮室，他眼中的狐狸和小雞一起圍了上來。

「師父！」

「請問宗主大人的情況……」

「還好，哭著睡著了。」

胡理不敢置信：「你讓她哭了？」

箕子出面緩頰：「阿理，看在我師父差點成爲你婆婆半身的份上，你就不要計較這個啦！」

怎麼辦？胡理好想揍箕子出氣，但有長輩在，不能眞的動手。

陸祈安攬過箕子肩頭，對胡理和善笑了笑。

「殿下，子門這孩子什麼都好，就是對人太過死心塌地，讓我忍不住掛心，勞煩你多照看他。」

「師父……」箕子發出小獸的低鳴。

「道長請放心，箕子是我兄弟，我有什麼好的，他都不會缺。」

「謝殿下。」陸祈安向胡理行了大禮。

箕子牽著他師父的手離開，胡袖跳上跳下說了再見。

胡理許久才會意過來，那位道長把宗主大人留給了他。

♛

王與王子正式閉關，青丘謝絕外界往來。

胡理守在床側，宗主大人睡著的時候比醒著的多。他有時候會替她翻背，有時撫摸她的臉龐。

他從懂事就會自願照顧華中街的老人家，知道病人即使失去意識，有人陪伴在身旁，精神總是平靜許多。

秦麗和毛嬙都是好孩子，但胡理不放心讓他們照顧宗主大人。

唯有當上王，才有資格爲宗主送終，這就是胡理爭王的原因。他要守著她，直到最後一刻。

到第七個晚上，窗外的星子特別亮，胡理從兒時的夢中醒來，宗主大人就像他記憶中那樣，瞇著一雙燦亮的金眸，裸著唯美的身軀，雙手環胸睥睨著他。

「原來你就因爲這點事，鬧著要參加遴選！」

胡理脫下鞋，爬上床，在宗主身前伏低賣乖。

「老宗婆，不行嗎？」

「你這蠢崽子！」

「我不蠢，我是您的孩子。」胡理再踰矩一步，趴上宗主的胸口。

胡璃深深凝視著胡理，從他的眼中看見獻上的心。就算她已衰老瀕死，依然有傻子深愛著她。

狐妖得心，必定回以眞情，她低首吻住胡理，將金丹渡入他體內。

失去金丹，美人瞬間變成白狐，呼哈喘氣，抽搐不止。

胡理伸出雙手，抱緊雪白的大狐。

「老宗婆，已經不痛了喔……」

胡理反覆哄著，像是人類安魂的經文，直到懷中再也沒有呼息。

傳說妖怪死後歸於插天山，登上山頂就能入化至新的境界。

白狐立定在山腳下，朝高聳入雲的山嶺，堅定踏出足爪。

小紅狐嗷嗷追來，跟上白狐的腳步。

尾章

大考放榜，華中街掛出兩條紅布，從街頭招搖地拉到街尾，就是要詔告天下——賣雞排的胡家長子、他們溫柔體貼的小理，考上第一志願啦！

左聯：「狂賀！四校醫學系榜首！人類之光！」

右聯：「理哥理哥，我愛你！」

雖然沒有對仗又缺乏美感，但因爲滿懷愛意，胡理勉強接受下來。

他平安從青丘歸來之後，雞排攤老闆帶著雞排攤夫人去環遊世界——不知道夫妻遊的世界是人世還是妖界，沒三年大概不會回來。於是華中街第一美食雞八兩雞排，由雞排攤小開胡阿理正式繼承下來。

「雞排好吃的祕訣，就在於眼神！」

胡理特意對著鏡頭揮汗，而秦麗和毛嫱站在他身後，臭著臉瀝油、給雞排裹粉。記者小姐問這兩個漂亮孩子是誰，胡理閃亮亮地回答是他弟弟。

胡理這個青丘新任宗主立下第一條法規：秦家和毛氏的代表必須到新王人世的居所服侍新王，直到他們改掉衝動冒進和一情緒化就想報復社會的壞習慣。

秦麗和毛嬙咬牙瞪著在鏡頭前闡述食安問題的胡理，說什麼「會照顧他們」、「以後你們就是我的責任」，他們就這麼被胡理溫言軟語騙來人間，結果卻是來當雞排攤工讀生。

胡理說，在他們可以單人顧攤之前，他絕不會鬆懈教育。

夜闌人靜，秦麗總是一邊洗盤子一邊哭：「好累、腿好痠、油煙好臭，袖袖又不在……我好想媽咪……」

「回去啊，不過才三條街，你該不會沒有表哥帶就找不到路了吧？」毛嬙在這裡唯一的樂趣就是欺負秦麗，不再像以前那樣表面討好、背後捅刀，而是光明正大地討厭對方。

「只要我打電話，安可就會來接我！」秦麗氣憤拿出手機，等胡理整理好食材才要在他面前打給他看。

胡理來了，秦麗還沒亮出電話要脅，胡理就先微笑讚許秦麗的表現。

「阿麗今天也好棒呢，和阿姨一樣總能勝任艱困的任務，明天也要繼續保持喔！」

「當然了，我可是秦家的狐！」秦麗被胡理誇兩句，幾乎要飛上了天，忘了打電話叫屈這回事。

毛嬙冷眼以對：「白痴。」

胡理又轉望向毛嬙：「毛嬙，明天我們去醫院看夜錦好嗎？」

夜錦目前還是以灰狐的形貌躺在獸醫院的保溫箱中，上次胡理去探望，夜錦已經能睜開眼。胡理跟她說了些話，告知她毛嬙就在他身邊，長了肉、會和人交流了，只是有時會對著角落的陰影大哭大叫……不過不用擔心，胡理保證，他一定會治好毛嬙的心病。

夜錦隔著保溫箱微弱地說：表哥，麻煩你了、謝謝你……

胡理提議完，毛嬙倔強地搖頭，堅持夜錦和他這個謀害國家的逆賊沒有關係。胡理只是牽起他的手，叫來秦麗，一起來洗澡澡。

洗完暖呼呼的熱水澡，胡理裸著身子，拿起吹風機給金毛狐狸和黑毛狐狸烘乾順毛，看小狐們在他的手爪下舒服地瞇起眼，還越吹越往他腳邊靠，像小時候一樣，一個喊著「表哥摸摸」，一個悶頭往他懷裡窩著。

那時候，他們吃睡都在狐圈裡，胡理裝起小大人的樣子，爲小狐說床邊故事，還煞有其事地當起老師，講述做人的道理給他們聽。

胡理記得自己當時這麼做，就是希望小狐們能喜歡他這個人類模樣的哥哥，所以他必須表現得像他所說的聖人君子那樣美好，想要證明人類也是值得喜歡的生物，搏取小狐的好感。所以宗主大人看上的他，也只是他僞裝出來的表象。

但或許他努力的方向錯了，小狐們只是需要有人眞心愛著，不管他是人類或是妖怪。

於是胡理雙手各抱著一團毛狐狸，有了依賴之處的小狐與他，安然入睡。

時間很快來到九月初，大學即將開學。

胡理和青丘的大狐們商量，請給他十年時間，全力鑽研人類醫學，他再將學來的知識用以保護青丘的幼崽與老者，安生與安死。秦媚爲首的大狐同意新王的想法，只怕這十年中如果新王愛上了人類女性，會不會爲愛放棄江山？

胡理不敢保證他不會喜歡上娃娃臉又霸道強勢的人類女警，但他絕對不會放棄王國的治理權。

秦媚阿姨嬌柔地笑，衷心盼望：「陛下，那您可要快點回來。」

出發前一晚，胡理先是花了整夜的時間給家裡哭成一團的秦麗和紅著眼眶的毛嬙順好毛，又認眞交代他們換油槽絕對不能馬虎，才帶著抽搐的胸口出發。

清晨時分，華中街的鄉親都還在睡，只有箕子等在街口。

箕子從青丘回來，發奮圖強，沒日沒夜地讀書，可惜成績出來還是和平時表現一樣悲慘，就算他塡遍胡理穩上的第一志願所有科系——他的志願就是跟胡理同校，最後還是慘澹落榜。

升學教育這端之於箕子可說是失敗收場，好在他高中三年積極培養一技之長，高中還沒畢業就穿起道袍四處去給人超渡誦經。因為他善感又淚腺發達，經常唸經唸一唸就哭出來，看在喪家眼中是謂眞情流露，意外受到好評。

至少胡理再也沒看過箕子自怨自艾，箕子眞正從被父母拋棄的陰影走出來，在人們看不見的地方致力於維持陰陽兩界的和平；晚上也都會來華中街吃飯，跟街坊笑嘻嘻地分享靈異故事。

胡理快步走向箕子，見箕子弄來一台粉紅色捷安特代步，聽說是他師父送給他的出師禮，說是現代人要有車才有底氣可以把妹。

胡理不知道該怎麼說箕子，連買腳踏車都要靠長輩，最後還是忍住不要唸他，勉為其難充當妹子的角色，側坐上腳踏車後方的置物架。

他們先繞去早餐店，跟老闆娘說了再見，再前往火車站。

時間還早，月台只有他們兩個男孩子等車。

「箕子，小袖就拜託你了。」

「交給我吧，我會把接近她的男人全都驅除乾淨！」

胡袖比胡理更早搬出爸爸媽媽不在的胡家，她的教練已經正式決定要將她培養成國手，未來很有可能代表國家參加奧運。胡袖走時一滴淚也沒流，只是像咒誓般地告訴她大哥，她一定會變得更強。

胡理想了想英氣勃發的胡袖，還眞不太擔心他妹子，只擔心他妹子的感情債。箕子最後會不會成爲小袖妹妹的炮灰乾哥，一頭哭死在雞排攤前，胡理眞不敢下注。

「箕子，我不在的時候，你好好地學習道法，專心在你師父膝下受教，多陪在他身邊。有什麼需要的，儘管跟我開口。」

「阿理，你放心，我一定會找到比申家更有錢的金主，成爲公會榜上的金牌道士。」

可胡理沒打算讓箕子去當神棍，以箕子的智商，在他騙到錢之前，就會被歹人給整死。

「箕子，雖然對不起你嬸婆，不過你還是跟我走吧？」胡理唯有把人看在他眼前，才能眞正放心。

成爲新王可以頒布三條新法，而爲使新王半妖的身分合法化，青丘之國開放人類定居，首開妖界諸國的先例。聽說諸藥之國、已經納了人類女婿的東海龍宮，以及相對封閉的鳳凰一族都在考慮跟進。

「好啊！」箕子一口答應，說眞的，胡理也沒想過他會拒絕。「胡阿理陛下，您要封給箕某什麼職位？國師還是宰相？」

「還有什麼？當然是我弟。」

「嗚嗚，竟然是裙帶！」難怪他師父說布衣卿相只存在於歷史，這時代就是要抱對大腿才有飯吃。

「破例給你當皇親，你還有什麼意見？」

箕子不好意思承認，是有那麼一點。他們高三最精華的暑假，胡理全拿來照顧家裡兩個寄住的表弟，都不跟他出去玩，胡理擺明就是比較疼狐狸。

「沒辦法，你既不可愛，又沒有招待客人的手腕，看到雞肉有血絲還會吐，一點用處也沒有。」整個暑假，胡理不滿箕子這個只會來聊天從不幫忙的廢物很久了，還敢跟他計較？

「阿理，不要這樣，我馬上去學炸雞，馬上學！」

「不用了，反正你一無是處也沒關係，我會養你。」

箕子屏住呼息，胡理重申一次誓言。

「弟，我養你。」

胡理坐上對號列車，徹夜未眠的他，一閉眼就入夢。

夢中的他化為白色大狐，嗷嗷統治著狐狸王國，所有的狐都仰望著他，他也深情凝視底下各色毛球。

從今以後，你們都是我的子民，我的心也全都屬於你們。

他與生俱來的貪婪人性與妖性，終於感到一絲滿足。

胡理聽見廣播聲響，從美夢中醒來，到站了。

他起身，拿起行囊，毫不猶豫往前走去。

《狐說·青丘篇》完

番外・群妖會

妖世十年一度的盛會由龍宮主辦。難得和平，出席的妖族也多，許多小族承認，就是來看美人的。

龍公主穿著紫艷的魚鱗裙，以極地零下七十度的冰塊臉，高高在上地坐在主位，表明敢來搭訕她的白目，一律殺無赦。

鳳主則是一身墨黑的深衣，男裝扮相卻掩飾不了她雍容嫵媚的姿儀，只是她不太理會小妖小怪，含情脈脈望著今日負責外燴的人類服務生。

因爲龍鳳雙主完全不打算給妖機會高攀，會中最受歡迎的反倒是小國的佳麗，三百年不見，還是那麼害羞可愛。

諸藥之國代表，紅色短髮簪著小甘菊花，腳邊還跟著一隻圓滾滾的羊，就像可愛的牧羊女，吸引住眾妖的目光。

「你們誤會了，公主有孕我才走這一趟。我不是國主，只是個賣藥的，跟你們這些妖怪不是同類。」

妖怪們依然熱絡招呼：「人參陛下，您頭髮剪短了呀。」

「我說了，我不是什麼陛下。」

「對了，我們族民最近總是睡不好。」

紅髮美人沉吟道：「這樣啊，可能是因爲紅月的關係，我給你開個安神的方子……就說你們認錯人了，而且我也不是大夫，不要一直找我看病！我記得你們妖怪有個國主不就是真正的醫生？」

說人人到，胡理穿著染血的白袍，匆忙趕到海底的宴會廳。

「很抱歉，路上遇到車禍。」

眾妖了然於心，依青丘國主的為人，一定奮不顧身跳下去救人。

龍公主大喝一聲，斥責胡理的失禮。

「你這什麼裝扮？不知道狐狸一向是咱們的門面擔當嗎？」

「對不起，我立刻去換禮服。」

「不用了，你直接脫光吧！」

「脫、脫！」會場歡騰非常。

「諸位前輩姊姊，請別為難胡理。」

胡理拿出外交的手腕，談判過後，折衷脫下長褲，換上半透明的白紗裙。他四處敬茶招呼，大家不知道自己和他說了什麼話，只是盯著他那雙若隱若現的美腿。

草食的藥之國代表，忍不住嘆道：「世風日下。」

胡理靠著美色，成功拿下海陸雙邊貿易。當他得意地翹起尾巴，偎著幾個大國國主撒嬌叫「姊姊」的時候，龍宮的廚子端上一大盤比臉盆大的生魚片，胡理微微變了臉色。

蕉蕉值夜班回來，看著同居的小狐狸抱著馬桶吐——胡理一考上醫學院，她立刻提調動到他大學學區，託人關說把她爸轉到他實習的教學醫院，還在他學校附近貸款買房子，威脅利誘他跟自己同居。

胡理平常在家總包得老緊，防她像防賊一樣；現在身上卻只穿著一件吊嘎仔，白皙的皮膚起滿紅疹。

「怎麼了？你不是去妖怪聚會？被暗算？」

胡理抬起一雙美目，眼眶泛著清淚：「桌上有海鮮……」

「你不要吃不就得了？」

「盛情難卻，不能不吃……」

「笨蛋，你不討好人是會死啊？」

蕉蕉見胡理真的很難受的樣子，沒再數落下去，讓他趴在腿上，幫他搔了整夜的背。

胡理睡去前，輕聲地說：「謝謝焦嬌姊姊。」

蕉蕉嘖了聲，真是可愛得沒天良，不抓著他一輩子對不起自己。

〈群妖會〉完

林綠作品

歡迎光臨 古董店
不好意思，店長不賣！

吳以文，面癱高中生、店裡唯一的店員，負責打理店長三餐、偶爾趕走誤闖小店的無辜人客。
某日，祕密客前來威脅砸店，傳言有手段又有美色的無良店長，竟打算棄店逃亡？
面對失業危機的呆萌小店員，被迫接下店長指派的任務，展開限時一個月、轟轟烈烈的調查行動……
說到底，這間新開張的古董店，究竟有何不可告人之謎？

SEA VOICE 古董店 [全7冊]

毒舌美人店長╳呆萌高中生店員
主僕倆不離不棄、血淚羈絆(?)的共患難日常

此地不存有天理，唯一奉行幽冥的鐵律——
「賞善、罰惡，公平。」

人鬼好兄弟聯手，拯救瀕危小鎮！

政權交替，福興鎮三百年城隍信仰即將沒入歷史。
不信鬼神的于新，被欽點爲最後一任廟主；初入廟中，就發現莫名方術，不對人，卻對神？更遇見四年前車禍身亡、自稱代理城隍的摯友阿漁！
爲了化去小鎮的劫，一人一鬼聯手與惡徒鬥智鬥勇，只是沒想到第一案，就得從棘手的阿漁死因查起……傳奇或悲劇、祝福或詛咒、眞相與陰謀，最後，終將浮出水面。

城隍 THE CITY GOD [全1冊]

國家圖書館出版品預行編目資料

狐說 / 林綠 著.
——初版. ——台北市：魔豆文化出版：蓋亞文化發行，2017.08
面； 公分.（Fresh；FS139）
ISBN 978-986-95169-2-1（下冊：平裝）
857.7 106011978

fresh FS139

狐說 下 青丘篇

作者 / 林綠
插畫 / 細雨中 封面設計 / 克里斯
出版社 / 魔豆文化有限公司
地址◎ 台北市103赤峰街41巷7號1樓
電話◎（02）25585438 傳眞◎（02）25585439
部落格◎ gaeabooks.pixnet.net/blog
臉書◎ www.facebook.com/Gaeabooks
電子信箱◎ gaea@gaeabooks.com.tw
投稿信箱◎ editor@gaeabooks.com.tw
郵撥帳號◎ 19769541 戶名：蓋亞文化有限公司
發行 / 蓋亞文化有限公司
法律顧問 / 宇達經貿法律事務所
總經銷 / 聯合發行股份有限公司
地址◎ 新北市新店區寶橋路二三五巷六弄六號二樓
電話◎（02）29178022 傳眞◎（02）29156275
港澳地區 / 一代匯集
地址◎ 九龍旺角塘尾道64號龍駒企業大廈10樓B&D室
電話◎（852）2783-8102 傳眞◎（852）2396-0050
初版一刷 / 2017年8月
定價 / 上下兩冊不分售 · 全套新台幣 399 元
Printed in Taiwan

ISBN / 978-986-95169-2-1

FS138
FS139

狐說
Tales of Hu

魔豆文化　讀者迴響

感謝您在茫茫書海中選擇了魔豆，您的支持是我們最大的動力。
不要缺席喔，讓我們一起乘著夢想的羽翼，穿越時空遨遊天地！

姓名：　性別：□男□女　出生日期：　年　月　日
聯絡電話：　手機：
學歷：□小學□國中□高中□大學□研究所　職業：
E-mail：　（請正確填寫）
通訊地址：□□□
本書購自：　縣市　書店　□網路書店
何處得知本書消息：□逛書店 □親友推薦 □DM廣告 □網路 □雜誌報導
是否購買過魔豆其他書籍：□是，書名：　□否，首次購買
購買本書的動機是：□封面很吸引人□書名取得很讚□喜歡作者□價格便宜□其他
是否參加過魔豆所舉辦的活動： □有，參加過　場　□無，因爲
喜歡出版社製作什麼樣的贈品： □書卡□文具用品□衣服□作者簽名□海報□無所謂□其他：
您對本書的意見： ◎內容／□滿意□尚可□待改進　◎編輯／□滿意□尚可□待改進 ◎封面設計／□滿意□尚可□待改進　◎定價／□滿意□尚可□待改進
推薦好友，讓他們一起分享出版訊息，享有購書優惠 1.姓名：　e-mail： 2.姓名：　e-mail：
其他建議：

廣告回信 郵資免付
台北郵局登記證
台北廣字第675號

魔豆文化有限公司　收

103 台北市赤峰街41巷7號1樓

魔豆

魔豆